Thorsten Fiedler

Bieberer Berg Blues

Offenbach-Krimi

Das Buch

Adi Hessberger ist der glücklichste Mann der Welt. Er ist Vater geworden und die kleine Fiona sein ganzer Stolz. Und da er gerade viel Zeit hat, weil er den Dienst bei der Polizei quittiert hat und die Geschäfte als privater Ermittler noch nicht wirklich angelaufen sind, kann er sich um seine beiden Frauen kümmern und verbringt einige glückliche Tage auf Sylt mit ihnen.

Kaum zurück in Offenbach, überstürzen sich die Ereignisse: Ex-Kripokollege Mühlbauer hat einen Selbstmordversuch gerade so überlebt, zwei heimtückische Morde an Radfahrern erschüttern das Polizeipräsidium Südosthessen, das personell stark unterbesetzt ist, und ein ermordeter Lkw-Fahrer auf dem Parkplatz Nasses Dreieck an der Waldstraße bereitet Kopfzerbrechen.

Da kommt Hauptkommissar Salzmann auf eine geniale Idee: Er engagiert Hessberger, um die Offenbacher Kripo zu unterstützen. Die Sache hat jedoch einen Haken …

*

**LA LE LU, NUR DER BÖSE MANN SCHAUT ZU,
WENN DIE ARMEN KINDER SCHLAFEN,
KOMMT ER DAZU ...**

*

Das Geschrei hallte durch den Raum, seine Nerven waren zum Zerreißen gespannt. Schweißperlen standen ihm auf der Stirn, sein Hemd war klatschnass. Lange würde er das nicht mehr durchhalten. Wie ein Schraubstock pressten die Hände seine Adern ab und auf den Gelenken zeigten sich die ersten Umrisse von Hämatomen. Das grelle Licht blendete seine Augen und er empfand den Schmerz, als ob es sein eigener wäre. Das unrhythmische Atmen dröhnte in seinen Ohren und er schaffte es kaum noch, sich zu konzentrieren. Es brachte ihn schier um, dass er keine Möglichkeit hatte zu helfen. In seiner gesamten Laufbahn als Polizist gab es kaum einen Moment, in dem er sich hilfloser und unnützer gefühlt hatte. Der nächste Schrei holte ihn aus seiner Gedankenwelt zurück, in die er kurz abgedriftet war. Ein Zittern ging durch den ganzen Körper, seine Hand wurde fast zerquetscht und der letzte Schrei aus dem gequälten Körper gab ihm endgültig den Rest.

Der Arzt schüttelte ihn und wie durch Watte drangen die Worte zu ihm durch: „Ein Mädchen, Herr Hessberger, Sie haben eine Tochter …“

*

Es war lausig kalt und trotz seiner dicken Jacke, Mütze und der Handschuhe fror er erbärmlich auf seinem E-Bike. Der Akku hatte inzwischen den Geist aufgegeben, er strampelte sich einen ab, um überhaupt ein paar Meter vorwärtszukommen.

Die Umgehungsstraße von Dietzenbach Richtung Offenbach war nicht sehr breit, sodass er den Luftzug der vorbeifahrenden Autos spürte. Allerdings war um diese Uhrzeit kaum jemand unterwegs. Trotzdem radelte er jetzt schon seit geraumer Zeit im Scheinwerferlicht eines hinter ihm fahrenden Fahrzeugs, das keine Anstalten machte, ihn zu überholen.

Er fühlte sich zunehmend unbehaglich und trat schneller in die Pedale, als etwa 100 Meter vor ihm die Kreuzung auftauchte. Trotz der Kälte fing er an zu schwitzen. Plötzlich heulte der Motor hinter ihm auf.

Der muss mich doch sehen, dachte er noch flüchtig, dann spürte er schon den schmerzhaften Aufprall. Er flog durch die Luft und landete unsanft auf dem harten Boden. Eine Schmerzwelle flutete seinen Körper. Verzweifelt versuchte er, sich aufzurappeln und sah dabei, dass das Fahrzeug sich rückwärts von ihm entfernte, bevor es abrupt stehen blieb. Entgeistert schaute er ins Scheinwerferlicht, als der Wagen sich wieder in Bewegung setzte und langsam auf ihn zu kam.

Gott sei Dank, er hat mich gesehen und wird mir jetzt helfen, beruhigte er sich und blieb unbewegt im Licht der Xenon-Scheinwerfer liegen.

Dann explodierte die Welt um ihn …

Januar 2023, Sylt

Adi Hessberger schaute auf die Brandung. Tief atmete er die kalte Seeluft ein. Die unendliche Weite des Meeres beruhigte ihn. Die Ereignisse der letzten Monate hatten ihn tief bewegt und sein komplettes Leben durcheinandergewirbelt. Die Geiselnahme im Albert-Schweitzer-Gymnasium, die überraschende Nachricht, dass er Vater werden würde, der Treppensturz von Sina mit der Angst um ihr ungeborenes Kind – das alles war schon mehr, als mancher Mensch verkraften konnte. Dann kamen die internen Ermittlungen gegen die beiden Kommissare und mehrere Mordanschläge dazu. Das hatte das Fass endgültig zum Überlaufen gebracht. Adi hatte seinen Dienst nach vielen Jahren bei der Mordkommission quittiert und arbeitete jetzt als privater Ermittler. Die Polizeiführung rund um den Präsidenten Eberhard Möller hatte alles versucht, um den erfolgreichen Ermittler zum Bleiben zu bewegen, aber Adis Entscheidung war endgültig. Natürlich vermisste er seine Kollegen, vor allem Rüdiger Salzmann und Lars Mühlbauer, aber jetzt sollte ein neuer Lebensabschnitt beginnen. Beruflich und privat. Er liebte Sina und seine Tochter über alles. Der neue Job verschaffte ihm deutlich mehr Zeit für seine Familie, zumal er noch nicht mit lukrativen Angeboten überschüttet wurde.

Eine Sache in seinem Leben hatte sich nicht geändert und würde sich auch niemals ändern: seine Liebe zum OFC. Auch wenn es aktuell so aussah, als würden seine geliebten Kickers niemals den Niederungen der vierten Liga entfliehen. Der Trainer, der als Garant für den Aufstieg geholt worden war, hatte sich als einer der größten Fehlgriffe aller Zeiten entpuppt und jetzt musste Ersan Parlatan es richten. Aber leider hatte Ulm einen deutlichen Vorsprung und die nachfolgenden Konkurrenten um einen Spitzenplatz wollten den Aufstieg auch noch nicht abschreiben.

Sina war durch Corona und den Stress der letzten Monate angeschlagen. Jetzt hatte sie eine Reha beantragt und hoffte, dadurch wieder körperlich und mental fit zu werden. Durch eine glückliche Fügung war ihr mit dem Baby ein Aufenthalt in Westerland auf Sylt bewilligt worden. Adi hatte sich spontan entschlossen, seine Liebsten ein paar Tage zu besuchen, und so hatte er sich im Hotel Wagenknecht unweit der Klinik einquartiert. Da Sina ein straffes Programm mit Kinderbetreuung hatte, blieb Adi viel Zeit für Entspannung und endlose Strandspaziergänge. Im Garten seines Hotels stand ein umgebauter Bauwagen mit einer kleinen, aber feinen Sauna. Doch das war nicht das einzige Highlight seiner Unterkunft. Das Frühstück war der Hammer. Jeden Morgen begann der Tag mit leckeren Brötchen, Croissants, Wurst, Käse, Obst,

Müsli und einem Ingwer-Shot, dem Geheimrezept der Familie Petersen. So gestärkt, schaffte er es endlich wieder, etwas für seinen aus den Fugen geratenen Körper zu tun, und wenn er abends auf seine Fitness-Uhr schaute, war er schon ein bisschen stolz auf die über 30.000 Schritte.

27.01.2023, Polizeipräsidium Südosthessen

Rüdiger Salzmann und Lars Mühlbauer waren seit Adis Ausscheiden im Dauerstress. Er fehlte ihnen nicht nur als Kollege, sondern vor allem als Ideengeber und brillanter Ermittler. Jetzt fiel auch noch Sina für längere Zeit aus und das war selbst mit neuen Kollegen nicht zu kompensieren. Das eingespielte Quartett gab es nun nicht mehr. Doch wie der einstige Trainer des beliebtesten Vereins Deutschlands, Dragoslav Stepanović, richtig bemerkt hatte: „Lebbe geht weider!"

*

„Innerhalb von zwölf Monaten der zweite tote Radfahrer im Umkreis von zwanzig Kilometern", fasste Salzmann zusammen und biss in sein Frühstücksbrötchen. „Es gibt keinerlei Verbindung zwischen den Männern, außer dass laut Spurensicherung beide absichtlich überfahren wurden. Lass uns mal schauen, ob es weitere Fälle gibt, die ein ähnliches Muster aufweisen, denn zwei unaufgeklärte Mordfälle sind mir zwei zu viel." Er lächelte müde.

Mühlbauer nickte. „Ich wünschte, Adi wäre hier und würde uns unterstützen."

Er lehnte sich im Stuhl zurück und schaute grimmig. Der früher so energiegeladene Kommissar wirkte seit seinem

Krankenhausaufenthalt deprimiert und in sich gekehrt. Er kam nicht darüber hinweg, dass er durch die Schussverletzung auf den Rollstuhl angewiesen war. Das hatte sein ganzes Leben auf den Kopf gestellt, privat wie beruflich. Es bedeutete langweiligen Innendienst, keine Festnahmen oder Befragungen mehr außerhalb des Präsidiums. Immerhin hatte er noch einen Job. Allerdings machte er nur noch Dienst nach Vorschrift, denn die verschworene Gemeinschaft früherer Tage gehörte der Vergangenheit an. Irgendwie gab er die Schuld daran seinem Freund Adi. Er hatte sie im Stich gelassen. Zumindest fühlte es sich so an. Und dieser Gedanke machte ihm schwer zu schaffen. Manchmal saß er abends in seinem Wohnzimmer und überlegte, ob das Ganze überhaupt noch Sinn hatte. Wenn er dann etwas mehr trank als normalerweise, dachte er öfter daran, sich das Leben zu nehmen. Wer würde ihn schon vermissen, einen nutzlosen Kommissar im Rollstuhl, ohne Aussicht, jemals eine Partnerin zu finden. Von Tag zu Tag wurde er trübsinniger und der Plan reifte in seinem Kopf.

03.02.2023, Westerland, Sylt

„Ja, natürlich, ich werde mich ab nächste Woche um die Überwachung Ihres Mannes kümmern. Nein, er wird nichts davon mitbekommen. Sobald es Informationen gibt, melde ich mich wieder."

Ein wenig anders hatte sich Adi das Ermittlerleben schon vorgestellt. Ihm fehlten die Spannung, die Action und die Einsätze mit den Kollegen. Bisher bestanden seine Aufträge meistens aus Versicherungsfällen, Personenschutzanfragen oder der Überwachung von vermeintlich untreuen Partnern. Es war Zeit, dass ein bisschen Schwung in den Laden kam.

Heute hatte er eine von Sinas Bekannten aus der Reha kennengelernt. Melinda Kohler war eine hübsche Frau, schlank, sportlich, dunkelhaarig, verheiratet und Mitte dreißig. Sina hatte ihm unter dem Siegel der Verschwiegenheit erzählt, dass Melinda sich seit einigen Tagen einen Kurschatten geangelt und deshalb auch schon die eine oder andere Therapie verpasst hatte. Bei einem Spaziergang am Strand hatte sie den Mann getroffen und seitdem schmuggelte sie ihn abends heimlich in ihr Zimmer. Jetzt saßen Sina, Melinda und Adi bei Gosch und ließen sich den Backfisch schmecken, während Melinda sich auch wie einer benahm. Sie strahlte permanent übers ganze Gesicht.

Adi sprach sie darauf an: „Du siehst aus, als hättest du im Lotto gewonnen. Die Therapie hier scheint dir gut zu bekommen."

Da platzte es aus Melinda heraus: „Ich habe hier einen Mann kennengelernt und fühle mich wie ein verliebter Teenager."

Adi schaute sie lange an. „Du bist doch verheiratet. Hast du kein schlechtes Gewissen oder Angst, dass dein Mann es erfährt?"

„Was auf Sylt passiert, bleibt auf Sylt, und jetzt lasst uns über etwas anderes sprechen." Sie winkte ab und schaute zu dem Kinderwagen neben Sina, in dem ein friedlich schlafendes Baby lag. „Wie war die Geburt und wie habt ihr es geschafft, euch auf einen Namen zu einigen?"

Adi erinnerte sich an diesen Moment, der so besonders gewesen war. Trotz der schlimmen Befürchtungen nach Sinas Sturz hielt er ein gesundes Mädchen im Arm. Er hatte sich in seinem Leben noch nie glücklicher gefühlt. Nur einen Moment gab es, in dem er ähnlich empfunden hatte: den Augenblick, als Sina seinen Heiratsantrag angenommen hatte.

Nach der Geburt hatte er Sina, die erschöpft, aber glücklich in ihrem Bett lag, in die Augen geschaut. „Sie ist genauso schön wie du, mein Liebling!" Irgendwie wollte er seine Tochter nicht mehr hergeben. Die Schwester musste erst ein wenig energischer werden, um Hessberger das Baby abzunehmen. Er sah sich wieder neben Sina auf dem Bett sitzen, während sie die Kleine stillte. Es war ein friedliches Bild.

Die beiden Frauen schauten ihn an, weil er noch kein Wort gesagt hatte. Die Bilder in seinem Kopf verschwanden so unvermittelt, wie sie gekommen waren.

„Wir haben sehr lange darüber gesprochen, wie unser Kind heißen soll. Am Ende fiel die Entscheidung auf Fiona, weil sich das einfach gut anhört, Fiona Fröhlich. Für mich war das alles wie ein Wunder. Ich bin tatsächlich ein waschechter Papa und sie ist mein kleiner Engel und auch wenn sie Fiona heißt, ich werde sie immer Fee nennen." Bei diesen Worten bekamen seine Augen einen seltsamen Glanz.

Bevor Adi Sina und seine Tochter in die Asklepios Nordseeklinik zurückbrachte, gab er Melinda noch eine Visitenkarte, da er am nächsten Tag wieder nach Offenbach zurückfahren würde. „Falls du mal Probleme bekommen solltest, ist es immer gut, einen fähigen Privatdetektiv zu kennen", sagte er mit einem Augenzwinkern.

„Wieso, kennst du einen?", fragte Melinda schlagfertig. Dann liefen sie lachend den Weg am Meer zurück.

04.02.2023, Offenbach-Bieber

Lars Mühlbauer hatte deutlich zu viel getrunken. Die Erinnerung an die Szene im Tunnel, als er versucht hatte, Adi zu helfen, verfolgte ihn jede Nacht. Seit einiger Zeit sogar tagsüber. Er konnte den Einschlag der Kugel körperlich spüren und dann verschwamm alles vor seinen Augen. Die Zeit im Krankenhaus war das Schlimmste, was er jemals erlebt hatte. Irgendwann war die Hoffnung auf der Strecke geblieben – die Hoffnung, jemals wieder laufen zu können oder ganz einfach normal zu leben.

Adi hatte ihn mit der Leidenschaft für den OFC angefixt und so langsam fand er Spaß daran, sich die Spiele live anzusehen. Außerdem fiel ihm zu Hause die Decke auf den Kopf. Mit dem Rollstuhl war er beim Spiel OFC gegen Gießen gewesen, das auf dem Gelände des OFC-Leistungszentrums stattfand. Im Anschluss war es zum Kickers-Fanmuseum gegangen, dort hatte er mit den Fans noch ein paar Bierchen auf das siegreiche 2:0 getrunken. Doch dann kam der entwürdigendste Augenblick seines Lebens, als er sich von Thorsten Franke helfen lassen musste, um zur Toilette zu gehen. Thorsten empfand es als selbstverständlich, aber Lars konnte sich an die eigene Hilflosigkeit einfach nicht gewöhnen. Es war furchtbar, auf jemanden angewiesen zu sein, und aus seiner Sicht auch noch megapeinlich.

Jetzt stand er auf dem Weg nach Hause vor dem Stadion Bieberer Berg. Die Bieberer Straße hatte ein tüchtiges Gefälle und er musste den Rollstuhl bremsen, um nicht mit Geschwindigkeit hinunterzurollen. Er schaute die Straße entlang und auf einmal wusste er, was er zu tun hatte. Seine Finger lösten die Bremse und der Rollstuhl wurde schneller und schneller. Inzwischen fuhr er mitten auf der Fahrbahn. Die rote Ampel an der Kreuzung kam immer näher. Mehrere Fahrzeuge fingen wie wild an zu hupen, Bremsen quietschten, der Rollstuhl kam ins Trudeln und überschlug sich schließlich. Lars Mühlbauer blieb mitten auf der Kreuzung liegen und die aus der Seitenstraße lospreschenden Autos rasten auf ihn zu …

05.02.2023, im Zug von Westerland nach Frankfurt

Hessberger hätte genug Zeit gehabt, um über seine aktuellen Fälle nachzudenken, doch irgendwie ging ihm Melinda nicht aus dem Kopf. Weil sie so offen mit dem Thema Kurschatten umging, hatte er Bedenken, Sina könnte auf den gleichen Gedanken kommen. Aber Sina war nicht der Typ dafür. Allerdings sah sie fantastisch aus und wirkte auf Männer anziehend. Er schlug sich den Gedanken aus dem Kopf. Eifersucht war das Letzte, was er gebrauchen konnte. Es war besser, sich damit zu beschäftigen, wie er seine Detektei lukrativer gestalten könnte. Plötzlich klingelte sein Handy.

„Hallo Rüdiger, was gibt's Neues im Präsidium? Wir müssen unbedingt mal wieder etwas trinken gehen."

„Du Adi, ich habe schlechte Nachrichten …"

„Wieso? Was ist denn passiert?"

„Lars hat … Ich …"

„Rüdiger! Jetzt rück schon raus mit der Sprache! Was ist mit Lars?"

„Er hat versucht, sich umzubringen."

„Was? Oh mein Gott! Wie geht's ihm?" Während er Rüdiger Salzmann zuhörte, fühlte er sich plötzlich todmüde. „Ich melde mich, wenn ich wieder in Offenbach bin", sagte er mit leiser Stimme und ließ das Handy sinken. Kaum zu fassen, was er eben gehört hatte.

Sommer 2019, Autobahnrastplatz Weiskirchen

Auf dem Parkplatz standen nur wenige Lkws. Alfred Smolek war schon seit mehreren Tagen unterwegs und freute sich aufs Wochenende. Er war auf verschiedenen Dating-Plattformen angemeldet und hoffte, wieder ein bedürftiges Opfer zu finden, das ihm die Nacht versüßte. An einer langfristigen Beziehung hatte er keinerlei Interesse, das war ihm viel zu anstrengend. Seine erste Ehe hatte ihm völlig ausgereicht, jetzt wollte er nur noch seinen Spaß haben. Der schon etwas abgedroschene Spruch seines Freundes kam ihm in den Sinn: Warum soll ich die Kuh kaufen, wenn ich nur ein Glas Milch trinken will? Klar, das war gemein und sexistisch, aber nicht sein Problem. Er zwang schließlich niemanden dazu, mit ihm ins Bett zu hüpfen.

In kurzer Hose, einem weißen Feinripp-Unterhemd und mit seinem Handtuch über der Schulter war er gerade frisch geduscht auf dem Rückweg von den Waschräumen, als er seinen Augen nicht traute. Neben seinem Lkw, der etwas abseits parkte, stand eine junge Frau. Blonde Haare, tolle Figur, kurzer Rock und eine tief ausgeschnittene Bluse.

Alfred schluckte. Der Abend nahm offenbar einen anderen Verlauf als gedacht. Was ihm nicht gefiel, war die Tatsache, dass sie sehr stark geschminkt war.

Sie kam ganz dicht an ihn heran und flüsterte in sein Ohr: „Ich hab's noch nie in einem Truck gemacht, hast du Bock? 50 Euro und du wirst mich niemals mehr vergessen, das garantiere ich dir."

Alfred war normalerweise etwas geizig, aber diese Gelegenheit wollte er sich nicht entgehen lassen. Er zog sie in den Truck und bevor sie ganz drin waren, hatte sie ihre Bluse schon ausgezogen. Gierig grapschten seine Hände nach ihren Brüsten.

Plötzlich zog sie sich zurück. „Erst die Kohle, dann das Vergnügen."

Widerwillig holte er einen 50-Euro-Schein aus der Tasche. Sie nahm den Schein, lächelte ihn an und verband ihm mit ihrer Bluse die Augen. „So erlebst du alles noch intensiver", hauchte sie ihm ins Ohr und ihre Hände waren auf einmal überall. Er glaubte, ein leises Summen zu hören, irgendwo hatte er das schon einmal gehört, aber er wusste nicht mehr, wo und wann. Plötzlich verspürte er einen Schmerz, der ihm fast die Sinne raubte.

Das Letzte, was er wahrnahm, waren die Tränen, die über sein Gesicht liefen.

05.02.2023, Offenbach, Sana Klinikum

Nachdem er seinen Koffer zu Hause abgestellt hatte, fuhr Adi sofort ins Krankenhaus. Rüdiger Salzmann hatte ihm schon per WhatsApp die Zimmernummer mitgeteilt. Lars Mühlbauer war nicht mehr auf der Intensivstation, stand aber unter ständiger Beobachtung.

Fassungslos trat Adi an sein Krankenbett und schaute den Freund an. „Was machst du denn für Sachen? Wolltest du echt Schluss machen?"

Lars nickte ansatzweise. Zum Glück hatte er außer ein paar Prellungen, Schürfwunden und einer Platzwunde am Hinterkopf keine Verletzungen.

„Ist doch alles sinnlos, Adi. Ich werde nie wieder laufen können, im Präsidium bin ich nur der Garant dafür, dass die Behindertenquote erfüllt wird, und das Thema mit den Mädels – vergiss es! Alle erzählen mir von irgendwelchen Wundern, aber mein reales Leben heißt Rollstuhl. Weißt du, wie peinlich es ist, wenn mehrere Menschen um dich herumstehen und diskutieren, wie sie dich am besten auf die Toilette bringen? Es gibt einfach keine Privat- oder Intimsphäre. Ich will das alles nicht mehr. Früher war mein Job aufregend, spannend, turbulent und nach Feierabend gingen wir mit den Kollegen einen trinken. Jetzt ist es zu umständlich, mich mitzunehmen."

Mühlbauer saß in seinem Bett wie ein Häufchen Elend und Adi wusste nicht, wie er ihn trösten sollte. Wenn es ganz dumm lief, wurde Mühlbauer nach seinem Selbstmordversuch auch noch suspendiert, freigestellt oder sogar entlassen – und wenn das passierte, würde sein Leben komplett aus den Fugen geraten.

Hessberger versuchte, ihn ein wenig aufzumuntern. „Ich hab gehört, du warst beim Kickers-Spiel gegen Gießen. Wenn das so weitergeht, wirst du noch ein richtiger Fan! Und es gibt ja auch Vorteile in deiner jetzigen Situation, du bist immer dicht dran am Spielfeld und hast auf jeden Fall einen Sitzplatz!"

Lars verzog das Gesicht zu einem müden Grinsen. „Mehr hast du nicht zu bieten? Adi, ich hoffe, der OFC gibt sich mehr Mühe beim Aufstieg als du beim Versuch, mich aufzuheitern."

*

Der Besuch im Krankenhaus hatte Adi mitgenommen und verfolgte ihn weiter. Als er sich bei Sina per Facetime meldete, merkte sie gleich, wie betroffen er war.

„Wir müssen dringend etwas für ihn tun", sagte Adi, „sonst wird er noch mal versuchen, sich umzubringen, und dann wird er es besser planen."

„Du hast vollkommen recht, Adi. Wir werden ab jetzt, so gut es geht, auf Lars aufpassen. Sobald ich wieder daheim bin, laden wir ihn ein und vielleicht können wir ihn ein bisschen ablenken, indem wir ihn bei Fee einbinden. Was hältst du davon, wenn er Fees Patenonkel wird?"

Hessberger war begeistert. „Du bist einfach die Beste. Das machen wir. Wäre doch gelacht, wenn er nicht der coolste Onkel wird. Aber lass uns mal über deinen Aufenthalt reden. Was macht eigentlich deine Reha-Freundin?"

„Adi, du glaubst nicht, was ich erfahren habe. Sie ist praktisch eine Nachbarin von uns. Sie kommt auch aus Offenbach und wohnt nicht weit weg vom Ketteler Krankenhaus. Mittlerweile verstehen wir uns großartig. So ein Klinikaufenthalt schweißt echt zusammen. Wir wollen uns nach der Reha treffen und ich hoffe, dass du sie auch magst. Natürlich nicht zu doll", dabei zeigte sie ihr unnachahmliches Lächeln, das er so liebte.

Vier Wochen später, Büro Hessberger

Der Alltag war wieder eingekehrt. Sina und Fee waren zurück aus Sylt und seine Lieblingsehefrau wirkte glänzend erholt. Trotz der noch nicht lange zurückliegenden Schwangerschaft hatte Sina fast schon wieder ihre Traumfigur von vor der Geburt, während er sich immer noch mit den Weihnachtspfunden herumquälte. Es war einfach ungerecht.

Zudem setzte sich die geschäftliche Flaute weiter fort. Zwar liebte er sein neues Domizil über alles, aber schließlich musste am Ende eines jeden Monats die Miete bezahlt werden. Das Backsteinhaus lag in der Nähe des Geflügelzuchtvereins „Erlenbruch" am Siegmund-Merzbach-Platz. Der Schreibtisch stand direkt am großen Fenster und es gab noch einen Sitzplatzbereich für Besucher, an denen es leider mangelte, ein weiteres Büro, eine kleine Küche sowie ein Bad. Besonders stolz war er auf seinen neuen PC mit drei großen Bildschirmen. So etwas hatte es im Polizeipräsidium nicht gegeben.

Um wenigstens das Gefühl zu haben, etwas zu tun, rief er Salzmann an. „Hallo Rüdiger, na, wie läuft es bei euch? Gibt es irgendeinen spannenden Fall, den ich für euch lösen kann?"

„Adi, freut mich, dass du anrufst. Wir haben tatsächlich einige unaufgeklärte Morde und könnten deine Hilfe gut gebrauchen."

Rüdiger berichtete von den ermordeten Radfahrern. Adi machte sich Notizen, als es plötzlich an der Tür läutete. „Du, ich muss leider Schluss machen. Die Klienten rennen mir quasi die Bude ein“, sagte er mit einem ironischen Unterton. „Ich melde mich wieder bei dir.“ Er stand auf und ging zur Tür.

Seine Überraschung war groß, als Melinda Kohler vor ihm stand. „Hallo Adi, störe ich?“

„Äh nein, überhaupt nicht. Was führt dich zu mir?“

Sie hielt die Visitenkarte in der Hand, die Adi ihr auf Sylt überreicht hatte. „Steht das Angebot noch?“, fragte sie, wobei sie auf die Karte zeigte.

„Setz dich erst mal. Magst du einen Kaffee? Ich hole uns welchen und dann erzählst du mir alles.“

Nachdem sie den ersten Schluck getrunken hatte, begann sie stockend. „Ich habe euch doch von meinem Kurschatten erzählt. Am Anfang war alles großartig und wir hatten viel Spaß miteinander. Unser Plan war eindeutig, dass wir nach der Reha keinen Kontakt mehr haben werden. Jetzt ruft mich der Heini jeden Tag an und sendet mir Nachrichten.“

„Ein Stalker!“

„Ja, er hat mich sogar schon beim Einkaufen abgepasst. Dabei habe ich ihm klipp und klar zu verstehen gegeben, dass unser Intermezzo beendet ist und ich keinen Kontakt mehr möchte.“

Adi hatte ihr schweigend zugehört. „Hast du eine Adresse für mich?“

„Leider nicht. Da ich nicht vorhatte, ihn nach der Reha jemals wieder zu treffen, hat es keinen Sinn gemacht, die Adressen auszutauschen. Das Einzige, was ich von ihm habe, ist seine Handynummer. Und ich weiß seinen Vornamen: Er heißt Sven. Auf jeden Fall hat er sich so genannt."

„Das ist zwar nicht viel, aber vielleicht kann ich dir helfen. Beschreib ihn mir bitte und versuche, dich an so viele Details wie möglich zu erinnern."

Sie dachte nach.

„Dunkelhaarig, etwa so groß wie du, ungefähr vierzig, schlank, sportlich, braune Augen und außerdem …"

Adi ahnte schon, was sie sagen wollte, da sie plötzlich ein Glitzern in den Augen hatte. „Nein, ich will lieber doch nicht jedes Detail wissen. Ich werde mich mal umhören und mich dann bei dir melden. Aber zuerst erledigen wir das Geschäftliche. Hier ist ein Auftrag, den du unterschreiben musst, und das hier ist mein Tagessatz."

Ohne mit der Wimper zu zucken, unterschrieb Melina.

„Möchtest du einen Vorschuss?", fragte sie.

„Nein, das ist nicht nötig. Lass mir deine Handynummer da, falls meine Nachforschungen erfolgreich sind. Liest dein Mann die Nachrichten auf deinem Handy?"

„Gott bewahre! Zum Glück kennt er meinen Code nicht. Vielen Dank, Adi! Ich hoffe, du findest den Kerl."

„Das wird wahrscheinlich das kleinere Problem sein, aber was willst du machen, wenn ich ihn gefunden habe? Ihn anzeigen wird schwierig, das ist kaum geheim zu halten. Vielleicht solltest du deinem Mann einfach die Wahrheit sagen."

05.03.2023, PSD Bank Arena, Frankfurt

Heute war es endlich so weit, das erste Punktspiel nach der Winterpause stand an. Zwei Stürmer hatten in den zurückliegenden Wochen den OFC verlassen. Nachdem schon vor der Saison das größte OFC-Talent seit Langem, Denis Huseinbašić, die Kickers Richtung Bundesliga verlassen hatte, wechselte ein weiteres großes Talent, Jakob Lemmer, nach Dresden. Zudem wurde der Vertrag mit Törles Knöll aufgelöst, da sich beide Seiten mehr versprochen hatten. Nicht umsonst lautete der Spitzname des gelernten Stürmers bei den Fans am Ende nur noch „Torlos Knöll". Jetzt war man gespannt, wie es ohne Lemmer, den besten OFC-Stürmer, weitergehen würde.

Die Partie beim FSV Frankfurt war für Kickers Offenbach und die Fans kein normales Spiel, sondern eine hochemotionale Veranstaltung. Hessberger war mit dem Bus ins Stadion gefahren. In der PSD Bank Arena ging es spannend los. Der OFC machte von Anfang an das Spiel, aber der Ball wollte einfach nicht ins Tor. In der zweiten Halbzeit wurde es dann hochdramatisch. Der FSV bekam auf einmal die zweite Luft und die Chancen häuften sich. Es ging hin und her. In der 90. und der 92. Minute hatte der FSV zwei dicke Möglichkeiten, das Spiel zu entscheiden. Doch schließlich hatte der Fußballgott ein Einsehen. Abwehrspieler Jayson Breitenbach schaffte es mit einer Energieleistung, das aus OFC-Sicht hochverdiente Siegtor in der 95. Minute zu erzielen.

Adi jubelte während der kompletten Rückfahrt im Bus. Danach ging es erst zu Elke in die Fußball-Kneipe zum Bieberer Berg, danach in Rosis Pub, bevor er glückselig den Heimweg antrat.

1993

Das Kind konnte nicht einschlafen und lag immer noch wach im Bettchen. Den Kuschelhasen hielt es fest im Arm, als könne er es beschützen. Es fing an zu beten: „Bitte lieber Gott, mach, dass er mir nicht mehr Gute Nacht sagen kommt."

Das Geräusch der aufgehenden Tür ließ es augenblicklich verstummen.

08.03.2023, Polizeipräsidium Südosthessen

Eberhard Möller überflog die Meldungen der letzten Tage. Doch heute beschäftigte ihn ein anderes Problem. Er musste Lars Mühlbauer mitteilen, dass er vorerst als nicht tauglich für den Innendienst eingestuft wurde. Der Selbstmordversuch in der Öffentlichkeit hatte den Fokus auf den Polizisten und somit auch auf das Präsidium gelenkt und die damit verbundenen Schlagzeilen sorgten bei Möller nicht gerade für gute Laune.

„Selbstmordpolizist soll Bürger beschützen?", „Chaos auf der Kreuzung durch Rollstuhl-Polizisten." Im Netz überschlugen sich die Diskussionen. Er hoffte, dass Mühlbauer die Entscheidung vernünftig aufnehmen würde. Da klopfte auch schon seine Sekretärin und kündigte den Polizisten an. Er kam hereingerollt und die Sekretärin schloss leise die Tür hinter ihm.

„Hallo, Herr Mühlbauer. Ich hoffe, es geht Ihnen wieder besser nach dem spektakulären Unfall."

Lars nickte kurz und wartete insgeheim auf die Standpauke, die gleich kommen würde. Aber Möller machte keine Anstalten dazu. Stattdessen sagte er in einem fast väterlichen Ton: „Mir ist klar, dass Sie viel durchgemacht haben und auch noch durchmachen werden, doch ich bin verantwortlich für den kompletten Ablauf hier im Haus, daher musste ich einen Entschluss fassen. Bis auf Weiteres sind Sie nicht diensttauglich." Er faltete die Hände und schaute sein Gegenüber ruhig an.

„Was bedeutet bis auf Weiteres?", fragte Mühlbauer gefasst.

„Im Grunde müssen die Ärzte entscheiden, wann und ob Sie wieder den Dienst aufnehmen können", erwiderte der Polizeipräsident diplomatisch.

„Herr Möller, Sie haben eben deutlich hinterfragt, ob ich den Dienst überhaupt wieder aufnehmen kann. Ich möchte es Ihnen leichter machen: Ab jetzt brauchen Sie sich darüber keine Gedanken mehr zu machen, denn ich werde nicht mehr zurückkehren."

*

Rüdiger Salzmann hatte schon mehrfach versucht, Adi zu erreichen. Endlich ging er ans Handy.

„Was ist los?"

„Lars ist verschwunden. Ich mache mir Sorgen. Möller hat ihn vorerst für dienstuntauglich erklärt. Da hat ihm Lars gesagt, dass er überhaupt nicht mehr zurückkommen wird. Danach hat er seine Sachen gepackt und die Kollegen haben gesehen, wie er mit einem Karton auf dem Schoß aus dem Präsidium gerollt ist. Sein Telefon ist ausgeschaltet, vielleicht will er sich wieder etwas antun."

„Ich werde mal bei ihm zu Hause vorbeischauen und falls er da nicht ist, klappere ich sämtliche Kneipen ab."

Adi hatte große Bauchschmerzen. Er konnte seinen Freund verstehen, zu viele schlimme Dinge gleichzeitig prasselten auf ihn ein. Auf der anderen Seite gab es Menschen, die alles dafür tun würden, sein Leben wieder lebenswert zu machen. Adi gehörte dazu.

Zu Hause war Lars nicht. Danach suchte Adi erfolglos eine Kneipe nach der anderen ab, doch Lars blieb unauffindbar. Schließlich fuhr Adi die Bieberer Straße hoch, bog links Richtung B448 ab und fuhr dann direkt auf den VIP-Parkplatz. Das Testzentrum, vor dem sich sonst immer Schlangen gebildet hatten, war verwaist. Die Regierung hatte beschlossen, dass es kein Corona mehr gab, somit war die Unterhaltung von Testzentren nicht mehr notwendig. Gleichzeitig waren die umliegenden Krankenhäuser bis auf das letzte Zimmer belegt – wegen Corona und dem gleichzeitig grassierenden Norovirus. Das musste keiner verstehen. Immerhin gab es dadurch genug freie Parkplätze.

Adi lief hinüber zum Stadion, sein Herz ging auf und er atmete tief durch. Dieses intensive Gefühl, wenn er sich auf dem Bieberer Berg befand … Es gab kaum etwas Schöneres für ihn.

Zuerst schaute er bei den Trainingsplätzen nach. Maik Vetter kam ihm entgegen.

„Gude Maik, was macht die Verletzung?"

„Hi Adi, langsam geht es aufwärts. Ich will bald wieder spielen."

Der Spieler mit der Nummer acht hatte ein Seuchenjahr hinter sich. Zuerst eine langwierige Verletzung, dann war er unter den Geiseln gewesen, als das Albert-Schweitzer-

Gymnasium überfallen wurde, die Schussverletzung am Kopf, als er zwei Mädchen vor den Geiselnehmern rettete, und jetzt war er wieder verletzt. Dennoch hatte er seinen unerschütterlichen Optimismus nie verloren. Adi überlegte, ob er vielleicht Maik und Lars mal zusammenbringen sollte. Doch dafür musste er seinen Ex-Kollegen erst einmal finden. „Mach´s gut, Maik, wir sehen uns in Aalen."

Er ließ seinen Blick durchs Stadionrund schweifen. Schau an, da war er! Im Rollstuhl sitzend, war Lars kaum auszumachen. Langsam ging Adi in seine Richtung. Zwischendurch blieb er stehen und sah aufs Spielfeld. Hier hatte er viele schöne Momente erlebt.

„Was machst du hier so allein?" Er näherte sich Lars langsam von der Seite. „Das nächste Heimspiel gegen die TSG aus Balingen findet erst Freitag in einer Woche statt!"

„Ich will mich schon mal an meinen neuen Platz gewöhnen, hier auf den Rollstuhlplätzen. Nah dran und, wie du richtig bemerkt hast, mit Sitzplatzgarantie." Mühlbauer lächelte, aber das Lächeln erreichte seine Augen nicht.

„Du hast deinen Job im Präsidium geschmissen. Bist du sicher, dass es die richtige Entscheidung ist? Was willst du jetzt machen? Heißt es nicht: einmal Polizist, immer Polizist? Ich würde mir das an deiner Stelle gut überlegen, vielleicht reicht ja auch ein Abteilungswechsel."

Lars schüttelte den Kopf. „Wenn ich morgens ins Präsidium komme, habe ich das Gefühl, alle schauen mich mitleidig an. Bei der Arbeit geht es dann nach dem Motto: Gebt ihm nur leichte Arbeiten, er ist schließlich behindert. Ich muss da raus, auch wenn es finanziell kaum zu stemmen ist. Ich halte es nicht länger aus, es tut zu weh. Zum Glück habe ich einiges gespart und kann die nächsten Monate überbrücken."

„Sag mal, Lars, könntest du dir vorstellen, für mich zu arbeiten, sobald deine Reha vorbei ist? Ich kann dir sicher nicht das bezahlen, was du bisher bekommen hast, aber vielleicht wäre es ja ein Anfang. Zusammen könnten wir die Detektei nach vorne bringen und ein paar neue Kunden gewinnen. Du hättest ein schönes Büro und einen netten Chef", meinte Adi mit einem breiten Grinsen.

„Und wer soll das sein?", erwiderte Lars und hatte eine Spur des alten Funkelns in den Augen.

2020, Offenbach-Tempelsee

Peter Räder ging wie jeden Abend mit seinem Hund spazieren. Man konnte die Uhr nach ihm stellen. Um 21.30 Uhr verließ er sein Haus in Tempelsee, exakt eine halbe Stunde später war seine Runde beendet. Der 56 Jahre alte Frührentner konnte nicht mehr in seinem Beruf arbeiten, da das ständige Sitzen seine Bandscheibe geschädigt hatte. Rosi, die eigenwillige Rottweilerdame, hatte etwas in der Nase und er hatte Mühe, die Leine zu halten.

In den letzten Wochen hatte er immer wieder mal das Gefühl gehabt, dass ihn jemand beobachtete. Heute hatte er sich schon mehrfach umgesehen, aber wahrscheinlich bildete er sich das alles nur ein. Und falls es tatsächlich einer auf ihn abgesehen hätte, würde der Bekanntschaft mit Rosi machen – mit ihr war nicht zu spaßen!

Als ihn der Hund förmlich über die Fahrbahn zog, sah er aus den Augenwinkeln, wie ein unbeleuchtetes Auto direkt auf ihn zuraste. Der Aufprall schleuderte ihn über das Fahrzeug und sein Körper landete seltsam verrenkt auf dem nassen Asphalt. Die Feuchtigkeit des Bodens vermischte sich mit dem Blut von Peter Räder. Rosi lief humpelnd zu ihrem Herrchen und legte den Kopf auf seine Brust. Dann war es still und man hörte nur noch die Geräusche des davonfahrenden Autos.

14.03.2023, Polizeipräsidium Südosthessen

Rüdiger Salzmann saß an seinem Schreibtisch und redete mit sich selbst. „Das kann doch nicht wahr sein. Warum haben wir vorher nichts davon erfahren?" Innerhalb von ein paar Jahren hatte es zwei Tötungsdelikte gegeben: Ein Radfahrer und ein Fußgänger waren – augenscheinlich absichtlich – überfahren worden. Dennoch waren diese Fälle damals nicht in seinem Computer aufgetaucht. Die Fälle hätten sofort bei ihm landen müssen – nicht erst jetzt, mit jahrelanger Verspätung! Er rief beim Kollegen Helmschrot an, der laut Akte damals vor Ort gewesen war.

„Hallo Bernd, du hast doch damals diese Fälle mit dem Fahrradfahrer und dem Fußgänger bearbeitet, die überfahren wurden. Kannst du dich noch an Einzelheiten erinnern?"

„Mensch Rüdiger, schön, mal wieder deine Stimme zu hören. Bei euch in der Abteilung ist ja ganz schön was los. Adi ist nicht mehr da, Sina Fröhlich ist in Elternzeit und jetzt noch die Sache mit Lars. Rockst du den Laden allein?"

Rüdiger schnaubte. „Manchmal kommt es mir genauso vor. Wie wär's, willst du dich nicht bei uns bewerben? Es gibt viel zu tun und jede Menge freie Plätze."

„Nee, lass mal gut sein. Eure Abteilung ist dafür berüchtigt, dass es niemals Feierabend gibt. Ich will lieber pünktlich um 16 Uhr den Laden verlassen. Aber jetzt sag mir, was du wissen möchtest."

Rüdiger fasste sein Anliegen kurz zusammen und schloss: „Und dann sind diese alten Fälle plötzlich als ungeklärte Morde bei uns gelandet, nachdem sie scheinbar jahrelang bei euch geschlummert haben. Hast du dafür eine vernünftige Erklärung, Bernd?"

„Das ist ganz einfach. Beide Fälle wurden als Fahrerflucht mit Todesfolge eingestuft. Jetzt haben wir einen neuen Teamleiter, der hat sich den alten Kram angesehen und ist auf die beiden Fälle gestoßen. Und jetzt seid ihr am Zug."

„Super, jetzt, wo der Käse gegessen ist, müssen wir versuchen, diese Rätsel zu lösen. Gab es denn wenigstens eine heiße Spur? Irgendetwas, was mir weiterhelfen könnte?"

„Tut mir leid, das ist echt zu lang her, Rüdiger. Die meisten Notizen sind noch in Papierform und auch den Bericht unseres Gerichtsmediziners aus Frankfurt wirst du nur als Handakte bekommen. Vielleicht solltest du einen Privatdetektiv beauftragen, ich kenne da einen", meinte er lächelnd, bevor er sich verabschiedete.

Salzmann wusste natürlich, dass sein Kollege einen Witz gemacht hatte, aber vielleicht war es gar keine so dumme Idee, Adi in den Fall einzubinden. Doch wie sollte er ihn davon überzeugen, heimlich und ohne Bezahlung mitzuhelfen? Oder gab es eine Möglichkeit, den Polizeipräsidenten zu bitten, Adi als externen Berater anzuheuern?

15.03.2023, Wohnung Hessberger

Melindas aufgeregt stotternde Stimme drang aus dem Hörer, den Adi in der Hand hielt: „Du musst sofort kommen. Er schleicht ums Haus! Ich habe furchtbare Angst! Er hat schon an der Terrassentür gerüttelt. Und meine Katze ist auch verschwunden."

„Ruf die Polizei an! Ich bin schon unterwegs."

Adi hätte fluchen können. In der Aufregung um seinen Freund Lars hatte er den Auftrag von Melinda erst einmal nach hinten geschoben. Wahrscheinlich war der Kurschatten nicht bereit, die Beziehung aufzugeben, und wollte deshalb noch einen Versuch starten. Eigentlich fand Adi, dass sie selbst schuld war. Eine Affäre anzufangen, obwohl zu Hause der Ehemann wartete, war nicht die feine Art. Dennoch befielen ihn Schuldgefühle. Hoffentlich würde ihr nichts passieren.

An ihrem Haus angekommen, schaute er sich zunächst vorsichtig um. Es war kein Laut zu hören und im Garten konnte er niemanden entdecken. Langsam näherte er sich Melindas Haustür. Was er dann sah, ließ ihn erstarren. Niemals würde er begreifen, warum Menschen zu so etwas fähig waren. Leblos hing eine Katze an der Türklinke, eine Drahtschlinge um den Hals.

Adi rechnete damit, dass der Täter sich noch irgendwo in der Nähe befand. Mit gezogener Waffe ging er vorsichtig um das Haus. Er bückte sich, um zu prüfen, ob eines der Kellerfenster offen war. Da hörte Adi ein Geräusch und im selben Augenblick traf ihn ein heftiger Schlag auf den Hinterkopf …

*

Rüdiger versuchte mal wieder, seinen Freund auf dem Handy zu erreichen, aber vergebens. Auch Sina wusste nicht, wo sich Adi gerade befand. „Er hat aktuell einen Fall meiner Freundin Melinda übernommen, vielleicht ist er deshalb unterwegs."

„Wie lautet ihr Nachname? Kohler? Scheiße, da gab es gerade einen Notruf. Ich habe die Kollegen hingeschickt." Sekunden später rannte er zu seinem Auto. Er hatte ein mieses Bauchgefühl und damit lag er leider meistens richtig.

Die Kollegen waren schon vor Ort. Adi lag bewegungslos auf dem Steinboden neben dem Haus, sein Kopf war voller Blut. In diesem Augenblick kam der Rettungswagen angefahren. Ein Arzt und ein Rettungsassistent sprangen aus dem Auto. Rüdiger wollte zu seinem Freund, aber die beiden schoben ihn zur Seite. „Das ist unser Job, machen Sie lieber Ihre Arbeit."

Ein Kollege kam auf ihn zu. Salzmann fuhr ihn ungeduldig an: „Was ist hier passiert?"

„Wir können nichts dafür, dass es einen Ex-Kollegen erwischt hat, also halten Sie einfach den Ball flach!"

„Sorry, aber er ist mein Freund und ich mache mir Sorgen."

„Das kann ich verstehen. Also es gab einen Notruf von Frau Kohler und zehn Minuten später sind wir hier eingetroffen. Ein Mann lag am Boden und wir wussten nicht, ob der Täter oder die Täterin sich noch auf dem Gelände aufhält. Dann haben wir das hier vorgefunden."

Geschockt schaute Salzmann auf das Bild, das sich ihm an der Tür bot. In diesem Augenblick klingelte sein Handy. „Sina, ich kann jetzt nicht. Adi hat es erwischt, aber ich kann noch nichts Näheres sagen, der Notarzt ist gerade bei ihm. Ich gebe dir sofort Bescheid, wenn ich etwas vom Arzt höre."

Rüdiger war sicher, dass Sina sich in diesem Moment schon auf den Weg hierher machte. Er würde nicht anders handeln.

Der Notarztwagen stand immer noch vor der Tür.

„Wie geht es meinem Kollegen?“

Der Arzt schaute kurz auf. „Er hat einen heftigen Schlag auf den Hinterkopf bekommen, eine große Platzwunde, die wir soeben mit sieben Stichen nähen mussten. Wahrscheinlich hat er eine starke Gehirnerschütterung. Doch wie es aussieht, ist er nicht bereit, mit ins Krankenhaus zu fahren. Können Sie ihm vielleicht gut zureden?“

„Tut mir leid. Wenn Adi nicht will, ist da nichts zu machen. Er ist starrsinnig wie ein Maulesel.“

In diesem Moment kam Adi auch schon aus dem Krankenwagen geklettert. Er sah ein wenig blass aus, was aber auch an dem weißen Turban um seinen Kopf liegen konnte.

Ohne lange Vorrede fragte er: „Rüdiger, wie geht es Melinda Kohler, ist sie …?“

„Melinda geht es gut, ihr ist nichts passiert, allerdings hatte sie einen hysterischen Anfall. Deine Verletzung hat sie dann endgültig aus der Bahn geworfen. Der Arzt hat ihr eine Beruhigungsspritze gegeben.“

*

In diesem Moment kam Sina um die Ecke und stürmte auf Adi zu. „Was machst du nur für Sachen? Ich hab mir solche Sorgen gemacht!“ Sina drückte ihn an sich und wollte gar nicht mehr loslassen. „Ist es schlimm?“

„Nein, du kennst mich doch. Sieht schlimmer aus, als es ist. Und nur weil gerade ein paar Betten im Sana frei sind, wollen die Jungs mich mitnehmen. Aber ich habe schon dankend abgelehnt."

„Dann lass uns noch nach Melinda sehen und anschließend fahren wir nach Hause. Dort legst du dich aber brav ins Bett, sonst bringe ich dich persönlich ins Krankenhaus."

Melinda stand unter dem Einfluss der Medikamente und wirkte abwesend. Rüdiger versuchte, ihr trotzdem einige Fragen zu stellen. „Können Sie uns sagen, was genau passiert ist und ob der Mann hier im Haus war?"

Die Worte kamen Melinda Kohler stockend über die Lippen. „Zuerst habe ich ihn am Fenster gesehen, dann fing auf einmal meine Katze vor der Tür an, laut zu miauen. Es hörte sich schrecklich an. Sofort habe ich bei Adi angerufen und mich im Schlafzimmer eingeschlossen.

Alle schauten betreten zu Boden, bis Sina das Wort ergriff. „Du musst jetzt stark sein, Melinda. Ich weiß, dass dich der Anblick deiner toten Katze völlig geschockt hat, aber wahrscheinlich hat Mia dir damit das Leben gerettet und dir die notwendige Zeit verschafft, bis die Polizei kam. Wenn du möchtest, können wir sie gemeinsam begraben und dann ist sie sicher bald im Katzenhimmel." Melinda nickte stumm, erste Tränen liefen ihr über die Wangen.

Adi und Rüdiger ließen die beiden allein.

„Das ist ein Wahnsinniger, der eure Freundin stalkt. Wir müssen ihn schnellstmöglich finden, Adi. Und schon haben wir wieder einen gemeinsamen Fall. Sollen wir den Polizeipsychologen einbinden? Er könnte uns ein Profil erstellen. Viel haben wir bisher nicht in der Hand."

„Ehrlich gesagt habe ich nach meinen Erfahrungen mit Dr. Weiß genug von dieser Spezies. Du weißt selbst, wie dieser

Dreckskerl Sina abhängig gemacht hat. So etwas möchte ich nicht mehr erleben."

„Du hast recht damit, dass Weiß ein Arschloch war, aber es ist wie bei uns Polizisten: Es gibt gute und schlechte. Ich werde mal mit dem neuen Psychologen sprechen, vielleicht kommt dabei was Brauchbares heraus. Unglaublich, was dieser Typ mit Melindas Katze gemacht hat, daraus muss doch irgendetwas abzuleiten sein. Und dann hat er dich eiskalt von hinten erwischt. Meinst du, er wollte Melinda umbringen oder ihr nur Angst einjagen?" Rüdiger sah ihn ernst an.

„Ich glaube", erwiderte Adi, „er will sie einfach fertigmachen – und mit solchen Aktionen könnte ihm das auch gelingen. Allerdings weiß man nie, wie sich so etwas entwickelt. Das Problem ist, dass sich Melinda mit einem Mann eingelassen hat, über den sie nichts weiß. Sie wollte nur eine Affäre, deshalb war es im Prinzip von Anfang an klar, dass keine Adressen ausgetauscht werden. Für uns macht es das jetzt schwierig, ihn ausfindig zu machen. Die Handynummer habe ich schon überprüft: ein Prepaid-Handy. Unter dem Namen, den er Melinda genannt hat, ist auch nichts zu finden. Ich gehe davon aus, dass er nicht stimmt. Insgesamt ist das nicht viel. Und jetzt wird sie ihrem Ehemann auch noch den Fehltritt beichten müssen. Nach dem, was heute alles passiert ist, wird sich die Affäre nicht mehr verheimlichen lassen."

*

Die Stimme klang euphorisch: „Lief ja besser als gedacht. Wenn sich alles so weiterentwickelt, wird es noch einige Überraschungen geben und das mit der Katze … einfach brillant … hahahaha!"

17.03.2023, Landgrafenring, Rückweg vom Kinderarzt

„Hi Melinda", sagte Sina, „bin gerade mit Fee unterwegs und wollte mal hören, wie es dir geht."

„Ich bin noch in Trauer, Mia fehlt mir sehr. Und der Schock, also ich habe mir so etwas in den schlimmsten Träumen nicht vorstellen können." Sie schniefte in ein Taschentuch. „Meinem Mann musste ich alles beichten, er hätte mir sonst kein Wort mehr geglaubt. Er ist sowieso schon megaeifersüchtig. Aber jetzt ist bei uns richtig was los. Er ruft ständig zwischendurch an und fragt, wo ich bin. Total ätzend. Aber ich bin ja selbst schuld. Hätte ich nur keine Affäre mit dem Psycho in der Reha angefangen."

Sina stimmte ihr zu. „Du hast recht, aber es hilft alles nichts. Jetzt müssen Adi und Rüdiger den Kerl fassen, damit bei dir wieder Ruhe einkehrt. Zu dumm, dass dein Kurschatten nicht bei uns in der Klinik angemeldet war, dann hätten wir alle Daten, die wir brauchen. Jetzt ist es vor allem wichtig, dass du die Sache mit deinem Mann wieder hinbiegst. Manchmal kann so eine Krise auch hilfreich sein."

„Danke für deine Unterstützung, liebe Sina. Ohne dich und Adi stünde ich ziemlich dumm da. Wenn ihr mal eine Babysitterin für Fee braucht, kann ich mich vielleicht revanchieren."

24.03.2023, Stadion Bieberer Berg

Sina und Adi hatten schon morgens bei Lars in der Reha angerufen. Der freute sich riesig über die wöchentlichen Anrufe. Nur noch ein paar Wochen, dann würden sie wieder im Team arbeiten. Adi war schon sehr gespannt auf die Überraschung, die Lars ihm angekündigt hatte. Wahrscheinlich wollte er die Spannung noch ein bisschen erhöhen.

Der ominöse Stalker hatte sich die letzten Tage nicht mehr aus der Deckung gewagt. Adi und Rüdiger waren keinen Schritt vorangekommen bei ihren Ermittlungen. Der Mann schien sich in Luft aufgelöst zu haben. Doch heute war Hessberger mit seinen Gedanken bei einem ehemaligen OFC-Spieler. Vor dem Spiel gegen Balingen fand die Verabschiedung von dem viel zu früh verstorbenen Suat Türker statt. Mit nur 46 Jahren hatte der Fan-Liebling einen Herzinfarkt erlitten. Seine Wegbegleiter Thorsten Judt, Regis Dorn, César Thier, Niko Bungert, Steffen Haas, Ramazan Yildirim, Stephan Sieger und viele andere sorgten bei diesem Moment der Trauer für pures Gänsehaut-Feeling. Alle wollten bei der Zeremonie vor dem Fanblock dabei sein. Es war sehr emotional. Hartgesottene Fans verdrückten heimlich die eine oder andere Träne, als Bilder von Suat Türker auf der Leinwand gezeigt wurden, untermalt von „You´ll never walk alone“.

Das Spiel begann und Adi war on fire. Durch krasse Fehlentscheidungen heizte der grottenschlechte Schiri die Stimmung der Zuschauer an. Trotzdem spielte der OFC sehr gut. In der 21. Minute schoss Breitenbach den hochverdienten Führungstreffer, nachdem Feigenspan kurz zuvor nur die Latte getroffen hatte. Ein Balinger Spieler wurde von einem leeren Pappbecher getroffen und sank mit einer der schauspielerisch anspruchsvollsten Leistungen, die jemals auf dem Bieberer Berg zu bestaunen waren, zu Boden. Referee Brombacher zeigte Jopek innerhalb von 60 Sekunden zweimal die gelbe Karte, somit spielte der OFC ab der 26. Minute nur noch mit zehn Mann. Und das gegen Zwölf, denn der Mann in Schwarz pfiff konstant für den Gegner. Aufgrund einer weiteren ungerechtfertigten Gelben und akuter Rotgefahr, musste in der Pause der beste Spieler, Philipp Hosiner, ausgewechselt werden.

In der zweiten Hälfte gewann man dann doch den Eindruck, der Schiedsrichter wolle das Stadion lebend verlassen. Auf einmal erinnerte er sich wieder an das gültige Regelwerk und seine Pflicht, unparteiisch zu pfeifen. Breitenbach brachte den OFC erneut in Führung, diesmal durch einen Elfmeter. Verdient. Selbst der Schönheitsfehler, der zum Endstand von 2:1 führte, konnte die Freude nicht trüben. Selten wurde so viel gepfiffen und angefeuert. Einige Fans, unter ihnen Adi, standen am Rande eines Herzinfarkts.

Im Anschluss wurde dieses geschichtsträchtige Spiel gebührend in den umliegenden Kickers-Kneipen gefeiert. Bei Elke standen einige Hundert Menschen und diskutierten jede noch so kleine Szene ein Dutzend Mal. Plötzlich raste ein Einsatzfahrzeug nach dem anderen an Adi vorbei und die Szenerie wurde mit Blaulicht untermalt.

Hessberger spürte, wie seine Neugier als Ermittler die Lust auf ein weiteres Bierchen in den Hintergrund drängte. Er beschloss, dem nachzugehen. Kurz darauf fuhr er mit seinem Fahrrad die Aschaffenburger Straße hoch, immer den Sirenen hinterher. Auf der Fahrt überholten ihn weitere Einsatzfahrzeuge, sodass es ein Leichtes war, den Ort des Geschehens zu finden.

In der Bergstraße war die Hölle los. Rettungskräfte, Polizei und Schaulustige standen herum.

Adi sprach einen Feuerwehrmann an, den er persönlich kannte. „Gude Meddi, was ist denn hier passiert?“

„Ach da schau her, der Adi. Irgendwo scheint wohl ein Mord passiert zu sein. Oder was treibt dich hierher?"

„Ich war bei Elke und habe gesehen, wie ein Wagen nach dem anderen mit Blaulicht an der Eckkneipe vorbeigefahren ist. Na ja, kennst mich ja, bin von Natur aus neugierig. Also erzähl mir bitte in Kurzform, was hier los ist."

„Um halb zehn gab es einen Notruf, dass mehrere Verletzte in der Bergstraße durch ein Grillfeuer in einer Garage mit starker Atemnot und Kopfschmerzen zu kämpfen hätten. Das hat sofort die Berufsfeuerwehr auf den Plan gerufen. Insgesamt haben wir sechs Rettungswagen, den Rettungsdienst und zwei Notärzte hergeschickt. Die Opfer haben wohl mittlere bis schwere Kohlenmonoxid-Vergiftungen erlitten, vier Personen sind schwerverletzt. Die Leute werden jetzt wahrscheinlich in die Sana Klinik gebracht."

„Krass, was hier in Offenbach alles passiert. Kann man euch noch irgendwie unterstützen?"

„Nein, wir haben alles im Griff." Er schaute auf die Uhr. „22.15 Uhr jetzt, also ich denke, in einer halben Stunde ist der Spuk vorbei."

Adi fuhr mit seinem Fahrrad den Berg hinunter und als er sah, dass noch viele Fans mit ihren Bierchen herumstanden, beschloss er, noch einen kurzen Zwischenstopp einzulegen.

*

Stefan Kohler war fix und fertig. Melinda hatte ihm alles gestanden. Die Reha, Sylt, die – wenn auch nur kurze – Affäre. Jetzt war er sich nicht sicher, was ihn mehr belastete, die Tatsache, dass sie ihn betrogen hatte, oder der Umstand, dass seine Frau von diesem Kerl bedroht wurde. Wahrscheinlich hätte er niemals davon erfahren, wenn die Sache nicht eskaliert wäre. Wann es angefangen hatte, dass bei ihnen im Bett nicht mehr viel lief, konnte er nicht sagen. Allerdings waren sie erst seit wenigen Jahren verheiratet, da sollte es eigentlich noch prickeln.

Er trat vor die Haustür und sah sich um. Vor seinen Füßen lag ein DIN-A4-Umschlag, ohne Absender und Empfänger.

Vielleicht von dem Stalker? Seine Neugier war groß, also öffnete er umgehend den Brief. Als er den Inhalt sah, fiel ihm alles aus dem Gesicht …

25.03.2023, 07.30 Uhr, Wohnung Hessberger

Das Erste, was er Fee beibringen musste, war die Gewöhnung an das Wochenende. Nach der gestrigen Feier am Bieberer Berg, die erst in den frühen Morgenstunden geendet hatte, riss ihn das Schreien seiner Tochter viel zu früh aus dem Schlaf. Sina hatte die Kleine gegen 5 Uhr gestillt und schlief nun wie eine Tote. Vorsichtig nahm er Fee aus dem Bettchen und ging mit ihr ins Badezimmer. Er sang ihr ein Kickers-Lied vor und hielt sie dabei im Arm. Der Geruch, der sich ihm in die Nase schlich, zeigte an, wohin die Reise ging. Schnell und routiniert wickelte er sein Töchterchen und nach ein paar Minuten war sie wieder friedlich eingeschlafen.

Die Kaffeemaschine blubberte vor sich hin und der Duft der gemahlenen Bohnen sorgte für Vorfreude auf einen leckeren Milchkaffee. Er zog sich seinen Jogginganzug an und lief die paar Meter zur Bäckerei Kress.

„Sechs Rosenbrötchen wie immer, Adi?", begrüßte ihn die Mitarbeiterin.

„Genau, vielen Dank, und gib mir bitte noch zwei große Stücke von dem Offenbacher Kranz."

Lächelnd packte die Verkäuferin alles ein. Adi liebte den Offenbacher Kranz ganz besonders, das wussten alle hier. „Bis morsche, Adi, und vergiss nicht die Zeitumstellung."

Inzwischen war Sina aufgewacht und hatte den Tisch gedeckt. „Na, gestern ist es wohl ein bisschen später geworden. Auf jeden Fall hast du länger gefeiert, als der OFC gespielt hat."

„Als Fan musst du halt noch eine Schippe drauflegen", meinte er grinsend. „Aber gestern war auch die Hölle los." Er erzählte ihr alles, was sich rund um das Spiel ereignet hatte.

Sina hörte gebannt zu. „Das ist ja echt krass, dass jemand in der Garage grillt. Ich hoffe, sie werden wieder gesund. Übrigens hat vorhin dein Handy geklingelt."

Adi schaute auf das Display. „Melinda hat es versucht. Am besten rufe ich sie gleich zurück. Wahrscheinlich ist die Arme noch vollkommen durch den Wind."

Nach dem vierten Klingeln war sie am Handy. „Adi, super, dass du zurückrufst. Wir müssen uns unbedingt treffen."

„Du kannst gerne bei uns auf einen Kaffee vorbeikommen, Sina ist auch hier."

„Könnten wir uns lieber bei dir im Büro treffen? Die Sache ist mir ziemlich peinlich, ehrlich gesagt würde ich lieber erst mal allein mit dir sprechen."

„Na gut, ich bin in einer Stunde in meinem Büro, bis gleich."

Sina schaute ihn fragend an. „Was ist denn passiert?"

Adi winkte ab. „Keine Ahnung, aber es wirkte sehr geheimnisvoll. Sie will mich unbedingt sofort sprechen. Ich treffe mich gleich mit ihr."

„Geh ruhig zur Arbeit. Ich mache mir einen gemütlichen Tag mit Fee." Sie grinste.

*

Melinda hatte einen Umschlag dabei. Sie wirkte angespannt und nervös.

„Was ist passiert?", eröffnete er das Gespräch. Unvermittelt begann sie zu weinen. „Hey, nicht weinen! Erzähl mir, was dich so fertig macht."

„Mein Mann … also …", begann sie stockend, „er … er wollte gestern kurz an die Luft, als er vor der Tür das hier gefunden hat." Sie zeigte auf den Brief. „Er stand plötzlich vor mir, als hätte er einen Geist gesehen. Ich habe ihn gefragt, was denn los sei, und dann hat er mir die Bilder gezeigt."

Adi schaute sie fragend an. „Was sind das für Bilder? Möchtest du sie mir zeigen?"

Melinda schüttelte verneinend den Kopf. „Ich wollte, dass niemand diese Bilder zu sehen bekommt, aber jetzt ist es zu spät. Hätte ich mich nur niemals darauf eingelassen. Jetzt wird mich mein Mann verlassen und wahrscheinlich werde ich demnächst erpresst."

„Melinda, du hast mich engagiert und musst mir jetzt wohl oder übel vertrauen, sonst kann ich dir nicht helfen. Du wärst nicht zu mir gekommen, wenn es sich nicht um den Stalker handeln würde."

Widerstrebend hielt sie Adi den Umschlag hin. Er nahm die Bilder heraus. Melinda war eine schöne Frau und auf den

Fotos war sie am Anfang allein und hüllenlos zu sehen. Danach folgten Aufnahmen, die sie zusammen mit einem Mann bei sexuellen Handlungen zeigten. Dabei blieb dem Betrachter nichts verborgen.

„Sind diese Fotos mit Sven während der Reha entstanden?“, fragte Adi.

„Das war am vorletzten Abend. Wir hatten schon viel getrunken und da kam er auf die Idee, ein paar Bilder zu machen. Dann hat er ein Mini-Stativ, das er sonst für Selfies benutzte, aufgestellt. Das Ergebnis siehst du ja.“

„Ich würde die Aufnahmen gerne auf Fingerabdrücke untersuchen lassen und vielleicht bekommen wir auch ein paar Details von seinem Gesicht, die uns weiterhelfen. Der Typ hat es geschafft, dass sein Gesicht nie komplett zu sehen ist, und sein Körper, der immer im Bild ist, bringt uns nicht weiter.“

„Die Bilder bekommt doch sonst niemand zu sehen, auch Sina nicht, oder? Versprichst du mir das? Das Ganze ist so schon peinlich genug.“

27.03.2023, Büro Hessberger

Adi begutachtete mit einer Speziallupe an seinem Schreibtisch die Bilder seiner Klientin, aber selbst damit schaffte er es nicht, ein erkennbares Bild des Mannes herauszufiltern. War das geplant oder Zufall? Adi glaubte nicht an Zufälle, dazu war er immer noch zu sehr Polizist. Nachdem die Handyüberprüfung keine Erkenntnisse gebracht hatte und auch die Bilder nicht weiterhalfen, saß er hier ohne Ansatzpunkte und ohne jegliche Idee. Rüdiger hatte die Bilder auf Fingerabdrücke untersuchen lassen, aber der Stalker hatte scheinbar Handschuhe verwendet.

Vielleicht musste er tatsächlich noch einmal nach Sylt, um in den Hotels und Pensionen nachzufragen. Aber welches Bild sollte er dort vorzeigen? „Kennen Sie den nackten Körper auf dem Foto?" Er lachte laut auf. „Hessberger, da hast du dir einen schönen Fall an Land gezogen!"

Warum hatte dieser Sven die Katze getötet? Warum war er nicht ins Haus eingedrungen? Wenn er tatsächlich daran interessiert war, Melinda als Geliebte zu behalten, müsste er sie doch eher umgarnen, als sie zu bedrohen. Handelte es sich um einen Psychopathen? War Melinda in Lebensgefahr? Leider gab es zu viele Fragen und keine Antworten.

Die Türklingel lenkte ihn von seinem Gedankenchaos ab. Es war Rüdiger.

„Schön, dich zu sehen. Hast du heute frei? Ach, komm erst mal rein, ich hol uns einen Kaffee."

Nachdem sie eine Weile privat geplaudert hatten, kam Rüdiger zur Sache. „In gewisser Weise bin ich dienstlich hier. Nachdem ich mit unserem Polizeipräsidenten über die ungelösten Fälle diskutiert habe, meinte Möller, dass wir noch einen wie Hessberger bräuchten, einen mit Ideen, die unsere Ermittlungen voranbringen. Da habe ich ihn spontan gefragt, ob wir dich nicht fragen könnten, ob du das Präsidium beratend unterstützen würdest. Möller fand die Idee nicht schlecht, allerdings glaubt er nicht, dass es regelkonform ist, und er befürchtet Stress durch die interne Ermittlung. Ich würde es trotzdem gerne versuchen, allerdings müsste es unter uns beiden bleiben."

Rüdiger zögerte, druckste herum, als fiele es ihm enorm schwer, das Folgende über die Lippen zu bringen.

„Na komm schon", sagte Adi. „Ich merke doch, dass du mir noch was sagen willst. Spuck's schon aus!"

Rüdiger seufzte. „Tja, die Sache hat einen Haken."

„War klar. Und welchen?"

„Es gibt kein Geld."

Hessberger wirkte von einem auf den anderen Moment sehr blass um die Nase.

„Allerdings biete ich dir an", fügte Rüdiger rasch hinzu, „dass du unsere Ressourcen nutzen kannst. Das könnte dir bei deinen eigenen Fällen weiterhelfen. Was meinst du?"

*

LA LE LU,
VOR DEM BETT, DA STEHT EIN SCHUH,
UND DER WIRKT SCHUTZLOS UND EINSAM.
GANZ SO WIE DU ...

*

30.03.2023, Büro Hessberger

Adi schaute sich die aktuellen Nachrichten an. Innenministerin Nancy Faeser präsentierte die neueste Kriminalstatistik. Eine Kernaussage war die deutliche Zunahme von Gewaltverbrechen. „Die Gewaltkriminalität wie Mord, Totschlag und Tötung auf Verlangen stieg um über 19 Prozent." Nach den Lockerungen der Coronavorschriften gaben die bösen Jungs und Mädels wieder richtig Gas. Adi war froh, dass er sich auf den Fall Melinda Kohler konzentrieren konnte.

Über manche Dinge konnte man nur den Kopf schütteln. Die FIFA verdonnerte den FC Köln zu einem Transferverbot im Sommer. Hintergrund waren falsche Verträge und Kündigungen bei einem Jugendspieler. Unglaublich, vor allem, wenn man darüber nachdachte, was bei den großen Vereinen so alles danebenlief. Adi empfand seit einiger Zeit große Sympathien für den FC, was aber eher an einem ehemaligen OFC-Spieler lag. Denis Huseinbašić hatte in der letzten Saison den Sprung aus der Regionalliga in die Bundesliga geschafft. Die Offenbacher Fans trauerten um einen ihrer besten Kicker, allerding war man auch ein wenig stolz darauf, einen der eigenen Jungs in der Oberklasse zu sehen.

Nachdem er sich kurz mit den Nachrichten beschäftigt hatte, schaute Adi sich noch einmal die Bilder an, die Melinda ihm gegeben hatte. Wie konnte sie nur zustimmen, dass der Mann diese Art Fotos von ihr machte? Zumal es nur eine Affäre war und sie ihn im Anschluss nicht mehr treffen wollte. Konnte man davon ausgehen, dass Melindas Kurschatten von Anfang an beabsichtigt hatte, sie zu belästigen? Was wollte er und wie würde die Sache ausgehen?

31.03.2023, Parkplatz Nasses Dreieck, Offenbach

Rüdiger Salzmann wurde um 8.30 Uhr zu dem großen Parkplatz an der Waldstraße gerufen. Auf dem Gelände zwischen Waldrand und Hainbach herrschte emsiges Treiben. Die Spurensicherung, Krankenwagen und zwei Polizeifahrzeuge waren schon vor Ort. Die Fahrertür eines Lkw stand offen. Drinnen lag ein Mann, Mitte vierzig, schwarze Haare, kräftige Statur. Er war nackt. Getrocknetes Blut prangte auf Brust und Genitalbereich.

Rüdigers Freund und Kollege Bernd, mit dem er vor Kurzem noch über die Fahrerflucht-Fälle gesprochen hatte, brachte ihn auf den aktuellen Stand.

„Der Fahrer heißt Stefan Hirschmüller, ist 43 Jahre alt, ledig und polizeilich bisher unauffällig ..."

„Das wird er wohl auch bleiben", unterbrach ihn Rüdiger mit einem Anflug von Sarkasmus.

„Klugscheißer – kann ich jetzt fortfahren? Der Tote hat mehrere Stichwunden am Körper. Ein Stich in die Brust und vier in den Unterleib. Weitere Details erhältst du nach der Begutachtung durch die Gerichtsmedizin. Was man noch mit Sicherheit sagen kann: Alles deutet darauf hin, dass Hirschmüller vor seinem Ableben noch ein erotisches Erlebnis hatte. Aber auch dazu gibt es mehr Einzelheiten im Bericht."

„Danke, Bernd. Ich hoffe, die Presse wird den Fall nicht pushen. Ich sehe schon die reißerische Schlagzeile: Stich ins nasse Dreieck!"

„Du hast wohl einen Clown gefrühstückt! Wollen wir heute Abend mal ein Bier trinken gehen und über alte Zeiten quatschen?"

„Das können wir demnächst gern mal wieder machen, aber aktuell sind wir komplett unterbesetzt und dieser neue Mordfall macht es auch nicht leichter."

*

Eine Stunde später saßen Rüdiger und der neue Polizeipsychologe Simon Degenhart in Adis Büro. Salzmann stand am Flipchart und listete die Fakten zum Fall Melinda auf.

„Wir haben hier den Kurschatten Sven, den Frau Kohler auf Sylt kennengelernt hat. Sie kennt weder den Nachnamen, noch weiß sie, ob der Vorname tatsächlich stimmt. Seine Handynummer gehört zu einem Prepaid-Handy, allerdings ist die hinterlegte Adresse falsch. Sie gehört zu einer vor kurzem verstorbenen Rentnerin. Er hat Frau Kohler nach der Reha, trotz eindeutiger Absprache sich nicht wiederzusehen, mehrfach verfolgt. Am 15.03.2023 versuchte er, bei Frau Kohler einzudringen. Dann hat er ihre Katze mit einem Draht stranguliert und am Türgriff aufgehängt. Als Adi dort auftauchte, hat ihn jemand hinterrücks niedergeschlagen – höchstwahrscheinlich derselbe Täter. Als die Polizei kam, war der Mann verschwunden. So die Kurzfassung."

Degenhart hatte bisher geschwiegen. Als er sich äußerte, musste Adi zugeben, dass er eine sehr angenehme Stimme hatte. „Waren das alle Fakten, die uns bisher vorliegen?"

„Nein, da gibt es noch etwas, das wir sehr diskret behandeln müssen. Herr Kohler hat vor seiner Tür einen Briefumschlag mit brisantem Inhalt gefunden. Es handelt sich um Nacktbilder von Frau Kohler, die beim erotischen Treffen mit ihrem Kurschatten entstanden sind."

„Kann ich die mal sehen?"

Adi schaute skeptisch. „Melinda bringt mich um, wenn sie erfährt, dass ich die Fotos herumgezeigt habe!"

„Herr Hessberger, wenn wir hier Beweismaterial prüfen, hat das sicher nichts mit Herumzeigen zu tun. Wir suchen einen gefährlichen Stalker und wenn Frau Kohler am Ende zum Opfer wird, weil wir ihr Schamgefühl nicht verletzen wollten, dann ist keinem geholfen."

Widerstrebend holte Adi den Umschlag aus seinem Schreibtisch. „Sie haben ja recht, aber es wäre trotzdem gut, wenn das unter uns bliebe."

„Ich neige im Allgemeinen nicht zur Geschwätzigkeit. Wir Psychologen unterliegen einer strengen Schweigepflicht." Degenhart schaute sich die Bilder lange an, bevor er wieder das Wort ergriff. „Die Bilder lassen auf einen sehr dominanten Mann schließen. Er will die Macht über seine Partnerin haben, das geht aus allen Aufnahmen hervor. Er ist sehr vorsichtig und möchte keinesfalls mit seinem Gesicht ins Bild kommen. Als er die Aufnahmen gemacht hat, wusste er bereits, dass er sie auch verwenden würde."

Degenhart musste zu einem anderen Termin und verabschiedete sich. „Ich werde mir die Notizen in Ruhe ansehen, um mir ein besseres Bild des Stalkers machen zu können. Sobald ich neue Erkenntnisse habe, melde ich mich bei Ihnen. Außerdem werde ich morgen zu unserem Gerichtsmediziner gehen und die Katze genauer untersuchen lassen. Vielleicht ergeben sich Hinweise durch die Art, wie er das Tier stranguliert hat. Wir müssen nach jedem Strohhalm greifen."

„Apropos Strohhalm", sagte Rüdiger, nachdem Degenhart gegangen war, „ich brauch deine Hilfe bei zwei alten offenen Fällen, Adi. Ich komme einfach nicht weiter. Es gibt zwei tödliche Unfälle mit Fahrerflucht, bei denen ich ein ungutes

Gefühl habe. Zweimal werden Leute überfahren. Laut Gerichtsmedizin, die beide Fälle neu beleuchtet hat, ist Absicht nicht ausgeschlossen. Ich kann mir kaum vorstellen, dass es sich um einen Zufall handelt. Und dann gibt es aktuell einen Mord am Nassen Dreieck."

„Hat dieser Mord aus deiner Sicht etwas mit den Fahrerflucht-Fällen zu tun?"

„Auf keinen Fall. Aber das verschafft mir natürlich zusätzliche Arbeit und deshalb kommst du ins Spiel. Es gab einen Leichenfund am Flughafen Frankfurt – und jetzt kommts, Adi! Ein erschossener Hund wurde im Kofferraum entdeckt. Könnte das nicht mit unserem Fall in Verbindung stehen? Eine tote Katze und jetzt ein toter Hund, beides in Verbindung mit Mordfällen oder wenigstens versuchten Morden. Ich weiß, es ist ein wenig weit hergeholt, aber man sollte diese Tat auf jeden Fall weiter im Blick behalten, auch wenn sie nicht in unserem Zuständigkeitsbereich passiert ist."

Adi sah ihn interessiert an. „Also wenn ich dich unterstützen soll, brauche ich unbedingt weitere Infos. Wie schaut's damit aus?"

„Ich lese dir den Kurzbericht der Kollegen vor: ‚Im Parkhaus Gateway Gardens am Flughafen wurden zwei Leichen gefunden. Die Beamten wurden um 3.30 Uhr von einem Zeugen alarmiert, der eine weibliche Tote auf einem Parkdeck gefunden hatte. Danach wurde eine weitere, diesmal männliche, Leiche gefunden. Beide Toten wiesen Schussverletzungen auf. Im Kofferraum des Autos fanden die Kollegen einen ebenfalls erschossenen Hund'. Danach gibt es noch ein Update. Es verdichten sich die Hinweise, dass die beiden Toten früher ein Paar gewesen sind. Und es soll sich um den gemeinsamen Hund der beiden Toten handeln. Die mutmaßliche Tatwaffe, mit der der Mann erst seine ehemalige Freundin und anschließend sich selbst erschossen haben soll, wurde anscheinend legal erworben. Bisher tappen die Kollegen über die Hintergründe der Tat im Dunkeln. Und jetzt kommen wir ins Spiel, Adi. Ein Mann tötet ein Haustier und die ehemalige Partnerin. Könnten das eventuell Parallelen zu Melindas Fall sein? Der Stalker tötet ihre Katze und bedroht Melinda, und möglicherweise wäre sie schon tot, wenn du nicht unerwartet aufgetaucht wärst."

„Bullshit, ich weiß, dass wir ziemlich verzweifelt sind, aber Melinda wurde bisher nicht körperlich bedroht und mir scheint der Vergleich zu dieser Beziehungstat am Frankfurter Flughafen etwas weit hergeholt."

01.04.2023, Waldstadion Homburg

Es war kein Aprilscherz. Heute spielte der Tabellenvierte FC Homburg gegen den auf Platz drei stehenden OFC. Adi war natürlich dabei und für ein paar Stunden vergaß er seinen Fall und die aktuellen Probleme. Er widmete sich nur dem OFC, seiner Currywurst und einem großen Bier. Es war wie immer: Der OFC musste gewinnen, um weiterhin den Abstand zum Tabellenführer nicht zu groß werden zu lassen. Anpfiff. Nach 17 Minuten sah es schon düster aus. Homburg erzielte mit der ersten Chance das 1:0. Die Kickers erarbeiteten sich viele Möglichkeiten, aber sie trafen das Tor nicht. In der zweiten Hälfte drückte der OFC und Bozic traf nach toller Vorarbeit von Feigenspan. Am Ende hatten beide Teams in einem großartigen Spiel mehrfach die Gelegenheit zum Siegtreffer, doch es blieb bei einer aus Sicht des OFC unbefriedigenden Punkteteilung. Adi wusste nicht, ob er sich freuen sollte, denn so würden sie Ulm nie einholen. Allerdings gab der FSV

Frankfurt den Kickers Schützenhilfe, indem er Steinbach besiegte. Somit war der OFC auf dem zweiten Platz gelandet.

Auf dem Heimweg musste Adi immer wieder über Rüdigers Vergleich der Fälle nachdenken. Was wäre, wenn er recht hätte?

03.04.2023, Wohnung Hessberger

„Gib mir mal bitte das Salz rüber, Adi. Ist es nicht schön, so ganz in Ruhe zu frühstücken? Fee schläft, wenn es gut geht, noch eine Stunde und wir haben mal wieder Zeit, uns zu unterhalten."

Adi liebte diese Zeit, die ihm früher als Polizist nur selten vergönnt war. Seine Arbeit als Detektiv konnte er sich wunderbar einteilen und so blieb viel mehr Zeit für die Familie. „Du hast recht, ich glaube, wir haben alles richtig gemacht. Jetzt wird es erst wieder stressiger, wenn du wieder in den Dienst einsteigst. Du hast jetzt schon Hummeln im Hintern und kannst es wahrscheinlich gar nicht abwarten, wieder zu arbeiten." Er biss in sein Brötchen.

„Die Elternzeit macht mich jetzt schon mürbe", bestätigte Sina. „Mir fehlt die Spannung, das Kribbeln, halt einfach die ganze Polizeiarbeit. Kann ich nicht ein bisschen mithelfen, entweder bei Melinda oder bei Rüdigers offenen Fällen? Du weißt doch, wie gut wir zusammenarbeiten. Komm, lass mich nicht rumbetteln. Oder obwohl, ich hätte eine Idee, dich zu überzeugen." Langsam ließ sie das Nachthemd vom Körper gleiten. Adi bekam große Augen. Sie bewegte sich aufreizend Richtung Schlafzimmer und er folgte ihr. Plötzlich machte sie die Tür vor seiner Nase zu und der Schlüssel drehte sich im Schloss.

„Was soll das Sina, mach auf!“, rief er gedämpft, um das Baby nicht zu wecken.

„Gerne, mein Liebling, aber nur, wenn ich bei euren Ermittlungen mitmachen darf.“

„Na gut, ich versuche, dich ins Team zu bringen, aber jetzt schließ auf.“

Adi hörte das Schloss und sofort schnappte er sich Sina. „Ich sollte dir den Hintern versohlen.“ Sie küssten sich wild und leidenschaftlich, da klingelte es an der Haustür.

Adi lief ziemlich grantig zur Tür. Bestimmt wieder so ein Paketbote mit Sendungen für die Nachbarn. Doch vor der Tür erlebte er eine Überraschung.

„Ist etwas passiert?“, fragte er Melinda. „Komm erst mal rein.“

Inzwischen hatte sich Sina wieder angezogen und kam mit ausgebreiteten Armen auf ihre Freundin zu.

Melinda wirkte verstört und ein paar Tränchen kullerten, als Sina sie fest umarmte. „Er ist wieder aufgetaucht. Als ich kurz im Garten war, konnte ich ihn sehen, dann ist er wieder verschwunden. Ich habe es meinem Mann gesagt, aber der hat überhaupt nicht reagiert. Seit er die Fotos gesehen hat, ist er wie verwandelt. Ich glaube, es wäre ihm egal, wenn mich der Typ umbringen würde.“

„Das darfst du nicht denken, Melinda. Natürlich ist er geschockt, das ist verständlich, aber er wird darüber hinwegkommen. Gib ihm einfach ein bisschen Zeit.“

„Danke, Sina. Ich wollte, ich könnte die Zeit zurückdrehen. Jetzt habe ich meinen Mann schwer enttäuscht und vermutlich auch noch in Gefahr gebracht." Sie sank immer mehr in sich zusammen.

„Mach dir keine Sorgen. Ich glaube nicht, dass der Stalker es auf deinen Mann abgesehen hat. Und wir werden ihn kriegen." Das sagte Adi, um sie ein wenig zu beruhigen. In Wirklichkeit machte er sich große Sorgen, vor allem, weil der Stalker trotz der Gefahr, entdeckt zu werden, immer weitermachte. Außerdem war Salzmanns Idee bezüglich des Zusammenhangs zum Flughafenmord jetzt komplett illusorisch. Der Mann, der seine Frau und den Hund erschossen hatte, konnte unmöglich der Stalker sein, wenn Melinda recht hatte und er wieder aufgetaucht war. Vielleicht gab es aber auch eine weitere Person, die in diesem Zusammenhang eine Rolle spielte, einen unbekannten Dritten …

04.04.2023, Büro Hessberger

Nachdem er Lars in der Reha angerufen hatte, machte sich ein positives Gefühl in Adi breit. Der Freund und Ex-Kollege schien auf einem guten Weg zu sein. Er hatte Adi viel von seinen Aktivitäten erzählt, einige weitere Patienten hatte er inzwischen kennengelernt, woraus sich durchaus Freundschaften entwickeln konnten.

Jetzt freute sich Adi auf die Zusammenarbeit mit Rüdiger. Der wollte gleich vorbeikommen, um über ihr weiteres Vorgehen zu sprechen.

Rüdiger war enttäuscht. „Schade, dass der Stalker wieder aufgetaucht ist. Er war also nicht der Tote vom Flughafen. Es hätte einfach zu gut gepasst. Zumal wir bisher keine weiteren Anhaltspunkte haben."

„Was wir eindeutig wissen, ist die Tatsache, dass unser Stalker noch lebt. Wir haben die Bilder seines Körpers, eine etwas vage Zeichnung des Polizeizeichners und in ein paar Stunden die Einschätzung des Polizeipsychologen. Wir wissen, dass er um die vierzig Jahre alt ist, und er muss sich irgendwo im näheren Umkreis von Offenbach aufhalten, ansonsten könnte er nicht immer wieder vor Ort auftauchen. Es gab schon Fälle, bei denen wir deutlich weniger wussten!"

„Du hast recht. Dann warten wir noch auf die Zusammenfassung des Psychologen und machen erst mal mit den anderen Fällen weiter. Da haben wir unseren Radfahrer, der mutmaßlich zweimal überfahren wurde, den Fußgänger in Tempelsee und den Lkw-Fahrer, der am Nassen Dreieck erstochen wurde. Alle drei Verbrechen fanden im Umkreis von Offenbach statt. Es gab keine Zeugen und die Opfer waren jeweils Männer. Das war es auch schon."

Adi hatte aufmerksam zugehört. „Wir sollten nicht außer Acht lassen, dass es sich in zwei Fällen tatsächlich um Fahrerflucht mit Todesfolge handeln könnte. Im Gegensatz zum Parkplatz. Dort dürfen wir Notwehr nicht ausschließen. Wenn der Lkw-Fahrer versucht hat, eine Frau zu vergewaltigen, und die hat ihn erstochen, dann gibt es keinen vorsätzlichen Mord. Das ist einfach zu wenig. Wir müssen alles neu aufrollen und in den Datenbanken nach ähnlichen Vorgängen suchen. Wurde überprüft, ob sich die Toten kannten?"

Salzmann dachte kurz nach. „Bisher noch nicht, Adi. Die Kollegen gingen von Fahrerflucht aus. Vielleicht kann man anhand der Verletzungen überprüfen, ob es sich um das gleiche Fahrzeug gehandelt hat. Mehr können wir für den Augenblick nicht tun. Allerdings sollten wir uns mehr auf den getöteten Lkw-Fahrer konzentrieren."

*

Seit Melindas Mann die Bilder von ihr und dem Kurschatten nackt und bei widerlichen sexuellen Handlungen gesehen hatte, stand er völlig neben sich. Wie hatte seine Frau ihm das nur antun können? Er hätte seine Hand für Melinda ins Feuer gelegt. Jetzt traute er ihr keinen Millimeter mehr über den Weg. War es das erste Mal? Oder hatte sie ihn schon öfter betrogen? Er war verzweifelt, und wenn er sie nicht so lieben würde, hätte er sie längst zum Teufel gejagt.

Im Prinzip wusste er wenig über sie. Die Eltern hatte er nie kennengelernt und eigentlich war ihm das ganz recht. Das Thema Kinder hatte auch nie im Fokus gestanden, denn Melinda konnte keine Kinder bekommen, und auch das passte ihm gut in den Kram. Sobald Kinder im Spiel waren, war der Stress vorprogrammiert, und das konnte er überhaupt nicht brauchen.

Jetzt war Melinda in Gefahr, weil das Arschloch sie auch noch stalkte. Und dass der Typ gefährlich war, stand außer Frage. Er war hin- und hergerissen: Sollte er sie verlassen oder sollte er alles daransetzen, dem Typen aufzulauern, ihn zu schnappen und ihm die Eier abzuschneiden?

05.04.2023, Büro Hessberger

Adi hatte sich anfangs gesträubt, wieder voll in die Polizeiarbeit eingebunden zu werden, aber Rüdiger Salzmann hatte ihn schlicht überredet. Vielleicht brachte es auch Vorteile für ihn, wenn ein Psychologe im Spiel war.

Degenhart kam gleich zur Sache. „Auch wenn wir bisher noch nicht genug Anhaltspunkte haben, um ein komplettes Profil zu erstellen, kann ich schon einige verlässliche Aussagen treffen. Der Stalker hatte von Anfang an vor, Frau Kohler nach der Reha weiter zu treffen. Aus meiner Sicht war das schon beim ersten Kennenlernen geplant. Er ist nicht bereit, sie wieder herzugeben. Aus Tätersicht gesprochen: Er will Melinda besitzen. Er will Macht über sie ausüben. Wahrscheinlich ist er der festen Überzeugung, dass ihn Melinda liebt und sich nicht traut, ihren Mann zu verlassen. Bei der Durchsetzung seiner Ansprüche zeigen sich Realitätsverlust und seine brutale Seite. Die getötete Katze macht uns deutlich, dass er seinen Plan, von dem er glaubt, dass er auf Gegenseitigkeit beruht, ohne Rücksicht auf Verluste durchführen wird. Dabei ist er bereit, im wahrsten Sinne des Wortes über Leichen zu gehen. Falls ihm der Ehemann im Weg steht, ist nicht auszuschließen, dass der sich in großer Gefahr befindet. Ich glaube, dass der Stalker die Sache erst beendet, wenn Melinda zu ihm zurückkehrt, ansonsten wird er vermutlich dafür sorgen, dass sie nie wieder jemandem gehören wird!"

Rüdiger seufzte und strich sich sorgenvoll über die Stirn. „Das habe ich befürchtet. Melinda hat das Ganze nur als Affäre betrachtet und jetzt steht für sie alles auf dem Spiel, ihre Ehe und womöglich sogar ihr Leben oder das ihres Mannes. Und das Schlimmste ist der Umstand, dass wir ihn vielleicht nicht schnell genug finden, denn er könnte jederzeit wieder zuschlagen."

Nach dem Gespräch machte sich Adi mit Rüdiger auf den Weg zu den Kollegen in den Rodgau. Beim Abgleich mit den älteren Mordfällen hatte sich ein Treffer ergeben. In Weiskirchen hatte es vor mehreren Jahren einen unaufgeklärten Mord auf einem Rastplatz gegeben. Ein Lkw-Fahrer war in seiner Kabine erstochen worden. Der Mann wurde nackt aufgefunden. Leider gab es keine Hinweise auf einen möglichen Täter oder eine Täterin. So machten sich die beiden mit einer Kopie der Akte wieder auf den Rückweg.

„Rüdiger, du musst ein wenig mehr Gas geben", sagte Adi. „In zwei Stunden muss ich auf dem Bieberer Berg sein."

„Du und dein OFC. Wie lange willst du dir das eigentlich noch antun? Wahrscheinlich wirst du es bis zur Rente nicht erleben, dass die Kickers aufsteigen. Geh doch besser zu den Darmstädtern. Die spielen wahrscheinlich nächste Saison in der Bundesliga!"

Rüdiger wusste, wie er Adi auf die Palme bringen konnte, genauso wie er wusste, dass Adi bis zum letzten Atemzug Fan der Rot-Weißen bleiben würde.

„Du hast wohl einen Clown gefrühstückt. Ich habe es dir schon mal gesagt. Es gibt für mich 97 Gründe, kein 98er-Fan zu sein. Und jetzt lass uns lieber über deine ungeklärten Morde sprechen. Wir wissen, dass es einen weiteren Fall gibt, der Ähnlichkeiten zu dem am Nassen Dreieck aufweist. Beide Male handelt es sich beim Tatort um einen Parkplatz. Die Fahrer wurden in ihrem Führerhaus tot aufgefunden, jeweils mit mehreren Stichen in den Unterleib. Es gab keine Zeugen und keine verwertbaren Spuren. Was können wir damit anfangen? Gibt es einen unentdeckten Serienmörder oder eine Serienmörderin? Bisher hat niemand einen Zusammenhang zwischen den beiden Taten hergestellt, weil die Morde zeitlich sehr weit auseinanderliegen."

„Viel hat unser Ausflug nicht ergeben, aber immerhin wird die Akte neu aufgerollt. Allerdings ist die Wahrscheinlichkeit einer weiblichen Serienmörderin gleich null. Mir ist kein Fall in dieser Richtung bekannt, in der absoluten Mehrzahl handelt es sich um männliche Täter."

Die Schnellstraße führte direkt am Bieberer Berg vorbei und an der Ampel am Stadion stauten sich die Fahrzeuge. Adi öffnete die Tür. „Ich steig schon mal aus. Bis wir die dritte oder vierte Grünphase erwischen, habe ich schon mein erstes Bier getrunken. Wir sehen uns morgen."

*

Bei Elke in der Fankneipe „Zum Bieberer Berg" herrschte reger Betrieb.

„Na Adi, heute muss ein Sieg her, dann ist wieder alles möglich. Das Bier geht aufs Haus."

Adi ließ sich nicht zweimal bitten. „Elke, du bist ein Schatz, vielen Dank."

Im weiten Rund des Bieberer Bergs erklangen seit Stunden die Fangesänge, die jedes Kickers-Herz höherschlagen ließen. Adi erwartete, dass jeder Zentimeter des satten Grüns umgepflügt würde. Heute kam es drauf an. Ein Sieg gegen die Mannschaft von Hessen Kassel und alles war wieder drin. Der lang ersehnte Aufstieg wäre greifbar nahe. Umso prickelnder war die Stimmung. In den Gesichtern war die Anspannung zu lesen. Manch einer konnte sich nur mit einem extra Bier vor Anpfiff einigermaßen beruhigen. Die zusätzlichen Biere heizten die ohnehin köchelnde Fanszene weiter an, sodass ein brodelnder Mix aus Hoffnung und Euphorie, Fußballfieber und Pyrotechnik die Ränge erfüllte. Los Jungs, schienen die Fans mit jeder Sekunde, die es näher Richtung Anpfiff ging, ihren Idolen zuzubrüllen. Los, ihr Kickers! Heute packen wir es! Die OFC-Fans waren, wie schon so oft, wesentlich besser in Form als große Teile der Mannschaft. Auch wenn Adi und seine Kumpels alles gaben und anfeuerten, bis sie heiser waren, reichte es nur zu einem torlosen Unentschieden.

Trotz aller getrunkenen Biere herrschte am Ende des Spiels totale Ernüchterung. Der OFC hatte die Chance in einer hart umkämpften Partie nicht genutzt. So konnte der Abstand zum Spitzenreiter Ulm nicht verkürzt werden. Die Stimmung der Fans und auch von Adi wurde immer schlechter. Alle warteten auf den Lichtblick am Horizont, aber er kam nicht.

08.04.2023, Wetterpark

Sina wollte die Sonnenstrahlen nutzen, um mit Fee und Adi ein paar Schritte zu gehen. Immer wieder schaute Adi auf die Uhr. Das machte Sina nervös. „Kannst du das lassen? Was ist denn los? Hat das Spiel schon angefangen? Ich habe dir doch mehrfach gesagt, dass es kein Problem für mich ist, wenn du nach Fulda fährst. Meinst du, ich bin begeistert, wenn du hier wie Falschgeld herumläufst und in Gedanken beim Fußball bist?“ Sina hatte den Braten längst gerochen. „Gleich beginnt das Fanradio. Wollen wir das nicht beim Spazierengehen gemeinsam hören?“

Ein dicker Kuss landete auf ihrem Mund und schon hörten sie aus Adis Handy die Stimmen von Marius Schnelker und Kaspar Lauck. Heute musste es einfach klappen, das sahen die Moderatoren genauso.

„Tor, Tor … Tor!“ Adi riss die Arme hoch und brüllte so laut, dass Fee aus ihrem Schlaf erwachte. Feigenspan hatte den OFC verdient in Führung gebracht. Doch innerhalb von nur sieben Minuten schossen die Gegner den OFC ab. Dreimal klingelte es im Kasten der Kickers und einer der Torschützen war der ehemalige OFC-Stürmer Moritz Reinhard. Trotz vieler Offensivwechsel schafften es die Kickers nicht, das Spiel zu drehen. Das Team des Fanradios war wohl erstmals seit Bestehen komplett sprachlos. Auch Adi fand keine Worte für den blutleeren Auftritt ab der 30. Minute. Ihm taten die vielen OFC-Fans leid, die jede Woche ihre volle Unterstützung gaben. Zumal auch Ulm verloren hatte – eine Verkürzung des Vorsprungs um drei Punkte wäre möglich gewesen.

Sina schüttelte den Kopf. „Immer wenn es drauf ankommt, versagen den Kickers die Nerven. Da haben euch die Jungs aus Fulda drei schöne Eier ins Nest gelegt. Fröhliche Ostern, lieber OFC!"

10.04.2023, Offenbach

„Hallo Rüdiger, ich wollte dir einen schönen Ostermontag wünschen. Falls du nichts vorhast, komm doch einfach auf ein Bierchen vorbei."

„Das ist lieb von dir, Adi, aber ich habe den Notdienst für einen Kollegen übernommen und werde den ganzen Tag im Präsidium verbringen. Übrigens haben wir den Stalker zur Fahndung ausgeschrieben, auf der Grundlage der vorliegenden Erkenntnisse und der Vorgaben des Psychologen. Ich hab die Daten zur Sicherheit noch an Frau Kohler gesendet. Aus ihrer Sicht passt alles. Vielleicht gibt es Hinweise aus der

Bevölkerung. Sag Sina liebe Grüße und das mit dem Bier holen wir gerne nach."

10.04.2023, Schwarzwaldklinik

Lars Mühlbauer hatte sein heutiges Programm beendet. Obwohl ihm die Reha guttat, hatte sich an seiner depressiven Stimmung nicht viel verändert. Er saß mit Block und Stift an seinem Tisch und auf einmal begannen die Worte zu fließen.

Lars empfand große Glücksgefühle, als er den eigenen Text zum wiederholten Male las. Es waren wunderbare Worte, von denen er selbst sofort wieder ergriffen war. Gänsehaut am ganzen Körper. In einem ruhigen Augenblick musste er den Text unbedingt Adi zeigen, wahrscheinlich wäre der total begeistert. Er konnte seine Stimme schon hören: „Ich wusste gar nicht, dass ein Dichter in dir steckt."

Lars holte den Block zum x-ten Mal hervor und las erneut:

Eingehüllt in Rot und Weiß sind die Fans aus Bieber,
an keinem Ort auf dieser Welt wären sie jetzt lieber.
Bengalo-Tränen in den Augen, Fußball wird hier noch gelebt,
und mit Ritschel, Held und Nuber hat der Bieberer Berg gebebt.
Heute sind es neue Helden, neue Spieler, neue News,
aber eines bleibt für immer: Das ist unser Kickers-Blues.

Welchen Namen sollte er seiner Hymne geben? „Bieberer-Berg-Blues"? Und welche Melodie würde am besten passen?

Kaum gedacht, schossen ihm die Ideen nur so in den Kopf: „Go West"? „Steht auf, wenn ihr Kickers seid"? „You will never walk alone"? „Football's coming home"? „Freude, schöner Götterfunken"?

11.04.2023, Markthaus am Wilhelmsplatz

Sina hatte sich mit Melinda auf einen Kaffee verabredet. Die Frauen saßen draußen und ließen sich den Milchkaffee schmecken.

„Ich weiß, es wirkt total neugierig, aber es gibt so vieles, das ich wissen möchte."

„Quatsch, Sina, du bist meine Freundin, natürlich darfst du mich alles fragen. Nur zu!"

„Wie geht dein Mann mit der Situation um? Bleibt ihr zusammen?"

„Mein Mann ist sehr enttäuscht, aber ich glaube, er fängt sich wieder. Ob wir allerdings zusammenbleiben, hängt von ihm ab."

„Hast du eigentlich Angst, wenn du allein zu Hause sitzt? Glaubst du, der Kerl taucht noch mal auf?"

„Oh ja, ich habe furchtbare Angst, dass der Kerl wieder auftaucht. Es ist fast egal, ob ich allein oder mit meinem Mann zu Hause bin, die Angst ist immer da. Ich gehe nicht mal mehr in den Keller. Ich wünschte, ich hätte diese Affäre nie angefangen, aber jammern hilft nichts."

Sina lehnte sich in ihrem Stuhl zurück und strich sich die Haare aus dem Gesicht.

„Hast du mal überlegt, dir Unterstützung zu holen? Eine Therapie könnte vielleicht hilfreich sein. Falls du jemanden zum Reden brauchst, bin ich immer für dich da. Das weißt du hoffentlich."

„Danke, es tut gut, wenn man Freunde hat und auch mal einfach heulen kann. Gestern bin ich im hauchdünnen Nachthemd mehrmals an meinem Mann vorbeigelaufen, aber er hat durch mich hindurchgesehen. Meinst du, Männer können das verzeihen, was passiert ist? Würde Adi dir verzeihen?"

Melina sah die Freundin ängstlich an. Ihr stand die Anspannung der letzten Zeit ins Gesicht geschrieben. Zwar war sie immer noch sehr hübsch und gepflegt, doch unter ihren Augen lagen dunkle Schatten und sie war blasser als sonst.

„Mit Sicherheit kann ich es nicht sagen, aber wir hatten schon schlimme Zeiten und trotzdem sind wir immer noch zusammen. Wahrscheinlich wäre es leichter, wenn er nicht die Fotos gesehen hätte. Adi hat davon erzählt, mir aber keines gezeigt. Solche Bilder bleiben im Kopf, und um darüber hinwegzukommen, braucht es einfach sehr viel Zeit!"

„Na, die Damen, lasst ihr es euch gutgehen? Wo ist denn mein Superbulle?" Der Wirt des Markthauses war an ihren Tisch getreten.

Sina schaute auf und lächelte. „Hi Eric, du weißt doch, dass Adi nicht mehr bei der Polizei ist."

„Klar weiß ich das, aber für mich wird er immer der Superbulle bleiben, auch wenn er jetzt einen auf Matula macht. Grüß ihn von mir. Übrigens kommt sein Freund Thorsten, du weißt schon, der Autor der Offenbach-Krimis, am Donnerstag zu mir. Er hat den kompletten Frankfurter Autoren-Stammtisch nach Offenbach gelockt. Der traut sich was. Die meisten wollten nur mit Begleitschutz anrücken. Wo wir Offenbacher doch so ein friedliches Völkchen sind."

Lachend machten sich die Frauen auf den Heimweg. Als Sina zu Hause ankam, war es schon gegen 17 Uhr. Sie nahm Fee aus dem Kinderwagen und rief nach Adi. „Schatz, kannst du den Wagen reinholen?"

Als er das tat, hatte er auf einmal ein komisches Bauchgefühl. Wie schon des Öfteren. Und meistens hatten sich dann dunkle Wolken über ihm zusammengebraut.

*

Jürgen Kohler fuhr eine Runde Fahrrad, um den Kopf freizubekommen. Nachdem er eine Weile nachgedacht hatte, war er entschlossen, es noch einmal zu versuchen. Melinda war eine tolle Frau und irgendwann würde er über diese verhängnisvolle Affäre hinwegkommen. Als sie gestern mit dem durchsichtigen Nachthemd im Bad an ihm vorbeigegangen war, wäre er fast schwach geworden.

Er fuhr am Sportplatz Gemaa Tempelsee vorbei, Richtung Heusenstammer Weg. Rechter Hand lag ein kleiner Waldspielplatz, der tagsüber stark frequentiert war. Jetzt wirkte alles düster und verlassen. Plötzlich fand er sich im Kegel eines grellen Scheinwerferlichts. Er wollte sich umdrehen, aber in diesem Moment rammte ihn ein Fahrzeug. Er flog durch die Luft und durch sein Hirn schossen die Worte: „Ich liebe dich."

Dann schlug er hart auf dem Boden auf. Das Letzte, was er sah, war eine verzerrte Fratze, die ihn anstarrte.

*

Sina griff gerade nach dem Handy, als es zu läuten begann. Sie hörte Melindas Stimme. „Er wollte nur kurz eine Runde mit dem Rad drehen, aber er ist nicht wieder nach Hause gekommen."

„Vielleicht ist er noch ein Bier trinken gegangen", versuchte Sina die aufgeregte Freundin zu beruhigen.

„Ich spüre, dass ihm was zugestoßen ist. Soll ich die Polizei anrufen?"

„Was willst du der sagen? Die wird erst reagieren, wenn er 24 Stunden vermisst wird. Sag mir, welche Strecke er normalerweise nimmt, dann wird Adi den Weg abfahren. Möglicherweise hat er jemanden getroffen oder er hat einen Platten. Beruhige dich erst mal. Wie wäre es, wenn du dir ein Taxi nimmst und zu uns kommst?"

*

Adi fuhr die Goerdelerstraße hinauf, bog am Kindergarten rechts ab, ließ den Sportplatz rechts liegen und fuhr dann immer geradeaus, bis zum Brunnenweg. In Tempelsee zweigten viele kleine Sträßchen ab und auf der linken Seite begleitete ein Waldweg die Straße. „Scheiße, bei diesem Licht kann man kaum etwas sehen", murmelte er vor sich hin. Er konnte keinen Hinweis auf Melindas Mann entdecken. Die Straßenlaternen spendeten nur spärliche Beleuchtung. „Ich fahr noch mal in die andere Richtung", sagte er zu sich selbst.

Diesmal bog er am Sportplatz rechts in die Hölderlinstraße ab, Richtung Tambourbad. Als er am kleinen Spielplatz vorbeikam, sah er ein Fahrrad am Boden liegen. Er hielt an und schaltete beim Aussteigen das Licht seines Handys an. Ein leichter Wind war aufgekommen und die Äste bewegten sich, als hätte der Wald ein Eigenleben. Weil er sich nach allen Seiten umsah, stolperte er über eine Wurzel, überschlug sich und landete unsanft auf dem Rücken.

„Verflucht noch mal, was für eine Kackwurzel!“ Mühsam kam er wieder auf die Beine und schaute entgeistert auf seine Hände. Alles voller Blut …

11.04.2023, Schwarzwaldklinik

Lars Mühlbauer sah auf sein Handy und dachte darüber nach, wie schnell die Zeit verging. Seine Reha neigte sich dem Ende zu. Es hatte ihm gutgetan, sich um nichts kümmern zu müssen, andererseits freute er sich schon, Adis Angebot anzunehmen. Natürlich nur, wenn es dem wirklich ernst damit war. Irgendwie hatte er gehofft, die Reha würde dafür sorgen, dass er wieder laufen könnte. Das war leider nur Wunschdenken, die Ärzte machten ihm wenig Hoffnung. Trotzdem wünschte er sich, dass er nicht mehr auf den Rollstuhl angewiesen wäre. In dieser Stimmung nahm er ein Blatt Papier und begann, weiter an seinem Kickers-Blues zu schreiben.

Leidensfähig musst du sein als Fan von Offenbach am Main.
Keine Kunst ist ewig feiern als Fan von Frankfurt oder Bayern.
Doch den Hauch von Nostalgie findest du hier – woanders nie.
Rot und weiß ist unser Leben – ein Statement für die Ewigkeit.

Auch in der vierten Liga: rot und weiße Einigkeit!
Kein Weg war uns je zu viel, wir sind bei jedem Auswärtsspiel,
bei Unentschieden und Gegentoren oder wieder mal ganz knapp verloren.
Die Spieler kommen und sie gehn, doch eines, das bleibt stets bestehn:
Er ist da, der Hoffnungsschimmer, und wir Fans bleiben für immer.

*

Der Waldspielplatz war in Blaulicht gehüllt, die Kollegen untersuchten den Tatort. Jürgen Kohler lag mit verdrehtem Körper direkt vor dem Marterpfahl. Es wirkte, als ob ihn das ins Holz geschnitzte Gesicht hämisch ansah.

Adi schüttelte den Kopf, so hatte er sich die Suche nicht vorgestellt. Er schaute zu Salzmann rüber, der das Fahrrad begutachtete. „Das war kein Zufall und an einen Unfall glaube ich schon dreimal nicht."

Rüdiger nickte. „Sieht verdammt nach einem Racheakt unseres Stalkers aus. Und eins prophezeie ich dir jetzt schon: Er hat Spaß dran gefunden und wird es wieder tun. Der Arzt meint nach seiner ersten Einschätzung, dass sich Kohler das Genick gebrochen hat. Er war wohl sofort tot. Soll ich seine Frau informieren oder könntest du das vielleicht übernehmen?"

„Melinda ist inzwischen bei uns zu Hause, aber ehrlich gesagt weiß ich auch nicht, wie ich ihr das beibringen soll. Gibt es denn Zeugen oder sachdienliche Hinweise?"

„Bisher leider nicht. Der Waldspielplatz ist schon tagsüber nicht gut einsehbar, aber im Dunkeln ... Wie es aussieht, wurde er angefahren. Das würde zu den anderen Fällen passen."

*

Sina hielt die völlig aufgelöste Melinda im Arm.

„Es tut mir so leid. Du bleibst jetzt erst mal bei uns. Adi kann im Wohnzimmer schlafen. Es macht dir doch nichts aus, Schatz?"

„Alles gut. Melinda kann auf keinen Fall allein nach Hause nach dem, was passiert ist. Soll ich zu dir fahren und ein paar Sachen holen, Melinda?"

„Sie kann Sachen von mir bekommen und neue Zahnbürsten haben wir auch. Du trinkst jetzt einen Schluck Cognac zur Beruhigung, ach was, ich denke, wir können alle einen vertragen."

„Adi, was habt ihr rausgefunden? Bitte, ich muss es wissen, sonst platze ich", sagte Melinda mit stockender Stimme. „War es ein Unfall oder ist er umgebracht worden?"

„Kann ich noch nicht sagen. Wir vermuten, dass er absichtlich angefahren wurde. Natürlich können wir einen Unfall nicht ausschließen, aber an diese Art Zufälle glaube ich nicht!"

„Falls Jürgen mit Absicht überfahren wurde, bin ich dann auch in Gefahr? Will mich der Stalker auch töten? Adi, du musst den Kerl finden!"

13.04.2023, Markthaus

Zwei Tage zu Hause mit drei Frauen waren genug. Adi lud Melinda und Sina zum Essen ein. Und so zogen sie mit Fee im Kinderwagen los Richtung Wilhelmsplatz. Dort war richtig was los. Im hinteren Teil des Restaurants fand eine Lesung über die Galapagos-Schildkröten statt. Was Adi sofort zu der Bemerkung veranlasste: „Wahrscheinlich gibt es heute Schildkrötensuppe statt Handkäs!“ Das brachte ihm einen bösen Blick von Sina ein.

Auf der linken Seite saßen alte Bekannte von Adi. Es war der Autoren-Stammtisch des mainbook Verlags. Dort wurden auch die Offenbach-Krimis seines Kumpels Thorsten Fiedler verlegt. Die fand Adi sogar spannender als die Realität. Nachdem er mit Gerd Fischer, dem Verleger, und dem Autor Andreas Heinzel ein wenig gefachsimpelt hatte, setzte er sich zu Sina und Melinda, die einen Tisch weiter Platz genommen hatten, und sie schauten sich die Karte an.

„Die kennst du doch auswendig, Adi“, sagte Eric. „Wahrscheinlich wusstest du schon auf dem Weg, was du bestellst.“

Adi grinste. „Bring mir zur Feier des Tages ein großes Bier und eine Portion Bio-Schweinebraten mit Klößen und Kraut.“

„Was gibt's denn zu feiern?“

„Wenn es gut läuft, bekommen wir gegen Ende des Jahres noch mal Nachwuchs.“

Eric schaute ungläubig. „Ihr habt doch gerade erst Fiona bekommen. Bist du wieder schwanger, Sina?“

Sina verdrehte die Augen und winkte ab. „Adi wollte dich nur veräppeln. Wir schauen uns nach einem Welpen um. Aber es hat noch ein paar Monate Zeit.“

„Wird dir das nicht zu viel? Fiona, Hund und dazu noch Adi? Und was soll es denn für einer werden?"

„Wahrscheinlich ein kleiner Labradoodle. Wir wissen auch schon, wie er heißen soll."

Eric lächelte und sagte: „So wie ich Adi kenne, gibt es den Namen eines OFC-Spielers. Erwin, Herrmann, Rudi, Walther, Maik?"

Sina schüttelte den Kopf. „Wir nennen ihn oder sie Lou!"

„Bist du sicher? So einer hat doch noch nie bei uns gekickt."

14.04.2023, Büro Hessberger

Heute standen mehrere Dinge an. Das Wichtigste war das Kickers-Spiel in Walldorf. Adi wollte sich die Partie im Fanmuseum ansehen. Vorher musste er allerdings einige dringende Telefonate führen.

„Gude Rüdiger, habt ihr schon etwas im Fall Jürgen Kohler rausgefunden?"

„Moin Adi, die Gerichtsmedizin meint, er sei angefahren worden. Ein Mord ist auf jeden Fall nicht eindeutig nachweisbar. In den Akten läuft es unter Fahrerflucht mit Todesfolge. Durch den Aufprall hat er sich das Genick gebrochen, aber ob das mit Absicht erfolgte, kann aufgrund der Spuren nicht bewiesen werden. Da es sich um eine dunkle Ecke handelt, könnte es durchaus sein, dass der Fahrer das Rad nicht bemerkt hat. Als dann der Aufprall stattfand, ist er möglicherweise unter Schock einfach weitergefahren. Alles andere wäre reine Spekulation, meinen die Kollegen."

„Selbst wenn wir von der Annahme ausgehen, dass es kein Vorsatz war, wie erklärst du dir insgesamt drei unaufgeklärte Fälle von Fahrerflucht mit jeweils einem Toten? Zufall? Das glaubst du doch selbst nicht!“

*

Im Fanmuseum saßen 70 Fans und schauten erwartungsvoll auf den großen Bildschirm. Bei Astoria Walldorf musste endlich ein Sieg her. Trainer Parlatan hatte zum wiederholten Mal Wiedergutmachung versprochen. Die Live-Übertragung von Leagues war so grottenschlecht wie das gesamte Spiel. Es gab zwei spannende Szenen und das waren die Tore, leider waren sie wegen Störungen nicht zu sehen. Antlitz hatte Walldorf in der zehnten Minute in Führung gebracht und García hatte postwendend ausgeglichen. Für Adi war der Sieg faktisch eingeplant, aber erstens kommt es anders … Kopfschüttelnd saß er vor seinem Bier und konnte es nicht fassen. Selbst gegen diese, seit sieben Spielen sieglose, Mannschaft reichte es nicht für drei Punkte.

„Ich bin restlos bedient. Wir schießen einfach keine Tore. Unser bester Stürmer trifft gerade mal so oft wie ein Abwehrspieler unserer Konkurrenten. Füllkrug muss her“, sagte er mit einem Augenzwinkern.

15.04.2023, Wohnung Hessberger

Staunend las Adi die Schlagzeile der Offenbach-Post: „Cannabis-Abgabe: Offenbach will Modellstadt sein.“

Die Städte Frankfurt und Offenbach wollten sich gemeinsam als Modellregion für die regulierte Abgabe von Cannabis bewerben. Wahrscheinlich gibt es demnächst einen gemeinsamen Fußballverein, dachte er kopfschüttelnd, die ‚eintrachtigen Offenbacher', und nach dem Spiel wird gemeinsam eine Tüte geraucht. Irgendwie war das nichts Neues, gegenüber der S-Bahn-Haltestelle Offenbach-Ost hing seit Längerem ein Automat für Hanfprodukte. Es gab viele junge Menschen, die sich mittels Cannabis ein entspanntes Wochenende verschafften. Da bekam der Begriff Schultüte eine völlig neue Bedeutung.

Adi nahm Fee auf den Arm und es war wie jedes Mal ein unbeschreibliches Glücksgefühl. Er schaute sie an und dachte: ganz der Papa. Sanft legte er sie in die von Sina selbst gebaute Wiege.

„Frühstück", hörte er Sina aus der Wohnküche rufen.

Melinda saß schon und schmierte sich ein Marmeladenbrötchen. Sie hatte sich ein wenig gefangen und es tat ihr sichtlich gut, von Sina bemuttert zu werden.

„Es ist komisch, Melinda", bemerkte Adi, „seit Tagen ruft der Stalker nicht mehr an – oder hast du seltsame Nachrichten erhalten?"

„Nein, ich habe nichts mehr von ihm gehört. Bist du sicher, dass er es war, der Jürgen angefahren hat?"

„Es würde halt gut ins Bild passen, aber ganz sicher bin ich mir auch nicht. Es ist mehr dieses Bauchgefühl, das sich in den vielen Jahren als Polizist entwickelt hat. Meistens lag ich damit richtig. Ich gehe gleich rüber ins Büro und werde die Fakten noch mal durcharbeiten. Vielleicht habe ich etwas übersehen."

„Oder fliehst du vor der geballten Frauenpower?", meinte Sina mit einem Grinsen. Wie gut sie ihn kannte.

Bislang hatten sie nicht den Hauch einer Verbindung zwischen den offenen Fällen von Rüdiger, dem Mord am Flughafen, den Überfällen auf Lkw-Fahrer, dem Tod von Jürgen Kohler und dem Stalker seiner Frau finden können. Was sie auch probierten, es gab keine Gemeinsamkeiten. Es fehlte zudem ein einheitliches Täterprofil. Die Fakten beim Modus Operandi, der Ausführung der Taten, waren zu verschieden. Vom Messer über eine Schusswaffe bis hin zum Fahrzeug als Mordwaffe war die Palette einfach zu groß. Aber es war seit Jahren Adis Vorgehensweise, nichts auszuschließen – und seinem Bauchgefühl zu folgen.

Seine Laune sank gen Nullpunkt. Er hatte nichts, dreimal nichts, nicht einmal drei Punkte der Kickers waren eingefahren worden. Was ihn doppelt sauer machte.

Also rief er sich in Erinnerung, dass er bei der Kripo über viele Jahre der beste Ermittler im Rhein-Main-Gebiet gewesen war. Den Kopf in den Sand zu stecken, verbot sich. Er würde diesen Fall lösen, so wahr er Adi Hessberger hieß.

16.04.2023, Offenbach, Schneckenberg

Adi, Sina, Melinda und Fee machten einen Sonntagsspaziergang. Es wollte zwar nicht richtig hell werden, aber sie nutzten eine kleine Regenunterbrechung, um ein wenig frische Luft zu schnappen. An einer Wegbiegung kam ihnen ein Mann entgegen – und Hessberger blickte in ein Gesicht, das er nie wieder hatte sehen wollen. Jörg Pfeiffer von der Internen Ermittlung. Dieser Drecksack hatte bösartig über Sina geredet und er war auch ein Grund, warum Adi seinen Job geschmissen hatte. Im Präsidium war es zu einem legendären Zusammentreffen der beiden gekommen. Adi hatte kurzen Prozess gemacht und dem schmierigen Beamten, man konnte es nicht anders beschreiben, in die Fresse gehauen.

Jetzt standen sie sich gegenüber.

„Na Hessberger, du bist ja inzwischen in der sozialen Hierarchie komplett abgestürzt. Ein Schnüffler ohne Aufträge. Ist das Kind eigentlich von dir? Deine Frau hat ja schließlich ein turbulentes Leben geführt."

Pfeiffers Gesicht war noch unangenehmer, als er es in Erinnerung hatte. Doch Adi hatte sich geschworen, ruhig zu bleiben, und das schaffte er immerhin so lange, bis er sich auf Pfeiffer stürzte. So schnell konnte der gar nicht reagieren. Er lag auf dem Boden und Adi wollte ihm gerade die Faust ins Gesicht schlagen, da holte ihn die Stimme seiner Liebsten zurück.

„Er ist es nicht wert, Adi, hör auf!"

Hessberger packte den Liegenden am Kragen und flüsterte: „Bete zu Gott, dass du immer so viel Glück hast wie heute. Irgendwann hast du den Bogen überspannt, dann kannst du dir dein Essen pürieren lassen."

Pfeiffer blieb noch eine Weile am Boden liegen und murmelte vor sich hin: „Ich mach dich so was von fertig, du Arschloch!"

Melinda schaute Adi fragend an. „Was war das denn? So habe ich dich noch nie erlebt. Woher kennst du diesen Typen?"

Adi schilderte ihr die unerfreulichen Begegnungen mit dem internen Ermittler in Kürze. Auch die bösartigen Dinge, die er über Sina gesagt hatte.

Melinda schüttelte den Kopf. „Der Kerl gehört aus dem Verkehr gezogen. Eigentlich schade, dass Sina dich gestoppt hat."

Sina schüttelte den Kopf. „Weißt du, Melinda, mit den Aktionen gegen Pfeiffer hat sich Adi selbst aus dem Polizeidienst gekickt. Dieser offene Zwist war im Prinzip der Auslöser für alles, was folgte. Andererseits kann ich ihn verstehen und freue mich natürlich, dass er mich verteidigen möchte."

Schweigend liefen sie nach Hause, jeder hing seinen Gedanken nach. Adis Puls war immer noch bei 200, er kriegte sich kaum mehr ein. Pfeiffer musste weg, egal, wie …

17.04.2023, Buchhügelallee

Der OFC kam nicht zur Ruhe. Schon am Vortag war es im Internet zu lesen gewesen, heute in der Offenbach-Post. Vier Wochen vorher war in Bürgel ein großer Sprengkörper entschärft worden, jetzt ließen die Kickers eine Bombe hochgehen. Trainer Ersan Parlatan wurde mit sofortiger Wirkung entlassen. Dies wiederum veranlasste Geschäftsführer Georg, nur noch weiterzumachen, bis ein Nachfolger gefunden war. So viel zum Thema Kontinuität. Es gab in Offenbach leider nichts, was wirklich von Dauer war, außer der Treue der Fans. Und wieder gab es einen Neuanfang, den gefühlt zehnten. Wahrscheinlich lautete ein Lied für die neue Saison: „Regionalliga Südwest, du meine Heimat …"

Zumindest wurde es in der Wohnung wieder ruhiger. Adi war erleichtert, weil Melinda sich in der Lage fühlte, wieder nach Hause zu gehen. Das war eine sehr gute Nachricht.

Auf dem Weg zu seinem Büro dachte er über sein Leben nach. War es das, was er wollte: Privatdetektiv sein? Oder gab es ein Zurück als Polizist, und wenn ja, war dies der richtige Weg? Sicher waren solche Wutausbrüche wie gestern dabei nicht hilfreich. Aber er befürchtete, dass es beim nächsten Mal genauso laufen würde. Wenn es gegen Sina, seine Familie oder den OFC ging, kochten seine Emotionen über. Und Menschen wie Pfeiffer würde er niemals ertragen, das war so sicher wie das Jubeln auf dem Bersch.

Rüdiger stand schon vor seinem Büro, mehrere Akten unterm Arm. „Na, Rambo, wie geht's? Schon einen Ermittler zum Frühstück verspeist?"

„Wer hat geplaudert, Rüdiger?"

Der Ex-Kollege grinste. „Pfeiffer hat in der Abteilung rumerzählt, dass er einen Spaziergang gemacht hat und unvermittelt von dir angegriffen wurde. Allerdings hat ihm das kein Mensch abgenommen. Ich hoffe, du hast ihm ein bisschen wehgetan. Wie war es denn wirklich?"

Adi erzählte kurz von Pfeiffers bösartigen Sprüchen.

„Mann, da bist du wirklich cool geblieben. Ich hätte ihm wahrscheinlich die Fresse poliert."

Ein Grinsen zog über Adis Gesicht. „Und das aus dem Munde des sonst so besonnenen Rüdiger Salzmann. Ich muss mich doch sehr über deine Ausdrucksweise wundern. So, und jetzt lass uns endlich anfangen. Gibt es denn etwas Neues bezüglich des Prepaid-Handys unseres Stalkers?"

„Bei einem sehr aufwendigen Funkzellenabgleich konnten wir einen Bereich von etwa 50 Kilometern eingrenzen."

„Damit sind wir ein kleines Stückchen weiter, aber sollen wir jetzt eines der Nacktfotos nehmen und in dieser Gegend herumzeigen: Kennen Sie vielleicht diesen Mann?‘“

Rüdiger lachte. „Na ja, wir haben ja noch die Phantomzeichnung, aber die ist ehrlich gesagt auch nicht viel besser. Wie wäre es, wenn ich die Fotos von unserem Spezialisten untersuchen lasse? Vielleicht finden die etwas, das wir übersehen haben.“

„Melinda wird mich umbringen, wenn ich die Fotos noch mehr Leuten zeige.“

„Oder sie wird umgebracht, weil du sie niemandem zeigst.“

Adi lächelte humorlos. Wo Rüdiger recht hatte, hatte er recht.

18.04.2023, Sylt

Nachdem Rüdiger die Fotos mitgenommen hatte, entschloss sich Adi, kurzfristig zu der Reha-Klinik zu fahren, in der Melinda und Sina gewesen waren. Es war ein Bauchgefühl, das ihn zu diesem Schritt veranlasste. Dafür nahm er die siebenstündige Zugfahrt in Kauf. Er plante eine Übernachtung ein. Zum Glück hatte das Hotel Wagenknecht ein Zimmer frei, so konnte er sich wenigstens auf die Sauna und ein geniales Frühstück freuen.

Adi lief die zwei Kilometer vom Bahnhof zum Hotel. Nachdem er eingecheckt hatte, stellte er seinen Rucksack aufs Bett und machte sich auf den kurzen Weg zum Klinikum. Er ging einfach durch den Haupteingang. Ein Mann kam aus seinem Zimmer und Adi sprach ihn an. „Du, sorry, ich glaube, die haben mich hier mit meinem Zimmer verarscht. Das Ding ist kleiner als eine Abstellkammer. Darf ich nur mal kurz schauen, ob sich eine Beschwerde und der Umzug lohnt?“

Der Angesprochene lächelte und hielt Adi seine Zimmertür auf. „Kein Problem, aber ich glaube, dass alle Zimmer gleich sind. Kleines Bad, Schlafzimmer mit Fernseher, Schreibtisch und teilweise auch Balkon.“

„Das ist ja mehr als doppelt so groß wie mein Zimmer. Vielen Dank für deine Hilfe. Denen werde ich gleich was erzählen.“

Adi lief runter zum Strand und atmete die großartige Meeresluft ein. Er hatte sich etwas Ähnliches gedacht und war gespannt, wie Melinda reagieren würde.

Zurück im Hotel zog er sich einen Bademantel an und begab sich zu dem Bauwagen, der zur Sauna umgebaut war. Er schwitzte bei 100 Grad und einem Eukalyptus-Aufguss, aber die gewünschte Entspannung stellte sich nicht ein. Stattdessen ratterte es in seinem Hirn. Er versuchte einzuschätzen, wie groß die Gefahr für seine Familie, Melinda und auch für ihn selbst sein könnte. Diese Gedanken verursachten ein Gefühl der Beklemmung und der Bauwagen schien auf einmal unglaublich eng. Schweiß lief ihm übers Gesicht und er rieb sich die Augen. Plötzlich klickte es kurz, dann war es stockdunkel. Er brauchte einen Moment, um sich zu orientieren. In diesem Augenblick hörte er ein Geräusch und jemand machte sich von außen an der Tür zu schaffen.

2002

Die Wände fühlten sich kalt an. Das Mauerwerk verströmte einen unangenehmen Geruch. Den Geruch feuchter Erde, fast wie bei einer Beerdigung. Wirre Gedanken schossen durch ihren Kopf und sie fragte sich, wie viele Menschen zu ihrer Beisetzung kommen würden. Lange würde es wohl nicht mehr dauern.

18.04.2023, Wohnung von Lars Mühlbauer

Bald sollte es losgehen. Er war schon ein wenig aufgeregt. Der erste Tag gemeinsam mit Adi als Privatdetektiv. Diese Perspektive hatte ihm in den letzten Wochen viel Kraft und Hoffnung gegeben. Der heutige Dienstag war wieder einer der guten Tage. Er saß am Schreibtisch und schrieb nach ein paar Tagen Kreativpause weiter an seinem Kickers-Lied. Immer tiefer tauchte er in die Emotionen ein, die während eines Flutlichtspiels entstanden, und er stellte sich vor, sie würden sein Lied singen. Aus Tausenden Kickers-Kehlen ertönte der Bieber-Berg-Blues.

Rot und Weiß sind nicht nur Farben, Rot und Weiß ist Lebenssinn,
und wir tragen sie am Körper – und auch ganz tief innen drin.
Den OFC wollen wir sehen, denn wir sind Rot-Weiß-verliebt.

Und der Berg wird ewig stehen, auch wenn es uns nicht mehr gibt.
Du mein Verein bist eine Brücke, Brücke zwischen Arm und Reich.
Auf dich halten wir große Stücke, bei dir, da sind wir alle gleich.
Manchmal fließen auch die Tränen, wenn das Spiel verloren geht,
weil nach Siegen wir uns sehnen, wenn der Bengalo-Rauch sich dreht.
Und eines immer bleibt bestehn – der Bersch wird niemals untergehn.

Lars wurde von seinen eigenen Gefühlen übermannt. Ein paar Tränchen liefen ihm übers Gesicht. Zufrieden trank er sein Bier aus und schaute auf das eben Geschriebene. Er war schon so gespannt, was Adi dazu sagen würde.

18.04.2023, Sylt

In der undurchdringlichen Dunkelheit tastete Adi nach der Holzkelle, mit der man das Wasser für den Aufguss schöpfte. Der Schweiß lief in Strömen über seinen Körper und er war nicht sicher, ob das von der Hitze der Sauna oder seiner Anspannung kam. Vielleicht war er dem Stalker zu nah gekommen oder er hatte eine Spur entdeckt, die ihm jetzt zum Verhängnis werden könnte. Seine Hände umfassten das Holz und er war bereit, sein Leben so teuer wie möglich zu verkaufen. Er presste sich an die Wand der Sauna, als plötzlich die Tür von außen aufgerissen wurde. Ein Lichtkegel blendete seine Augen.

*

Sina Fröhlich hatte schon mehrfach versucht, Adi per Handy zu erreichen. Schließlich rief sie direkt im Hotel Wagenknecht an. Die Leitung war tot. Normalerweise war Sina sehr entspannt, aber die aktuelle Situation zerrte an ihrem Nervenkostüm. Sie versuchte es bei Melinda, aber auch die ging nicht an den Apparat. Da klingelte es plötzlich. Rüdiger Salzmann stand vor ihrer Tür.

„Hast du etwas von Adi gehört? Ich versuche seit Stunden, ihn zu erreichen. Das ist untypisch für ihn. Normalerweise ruft er immer sofort zurück."

Sina schaute ihn beunruhigt an. „Ob ihm etwas zugestoßen ist? Vielleicht ist er bei seinen Ermittlungen auf Sylt dem Stalker begegnet."

„Nein, Sina, der Kerl kann ja nicht überall sein. Eben war er noch hier und jetzt soll er auf Sylt sein? Unwahrscheinlich!"

„Adi war gestern auch noch in Offenbach und recherchiert jetzt im Umfeld der Klinik. Der Stalker könnte das genauso machen."

*

„Herr Hessberger, ich hoffe, ich habe Sie nicht erschreckt. Der Strom ist ausgefallen und da wollte ich Ihnen den Weg leuchten."

Frau Petersen hielt die Taschenlampe auf den Boden gerichtet, um Adi nicht zu blenden. Langsam versuchte er, Atmung und Puls wieder unter Kontrolle zu bringen.

„Leider wird es ein bisschen dauern, bis wir wieder über Strom verfügen. Deshalb habe ich Ihnen ein paar Kerzen, Streichhölzer und eine Taschenlampe auf ihr Zimmer gebracht. Ein Bier und ein Schnaps stehen auch bereit. Die Getränke gehen natürlich aufs Haus, wegen der Unannehmlichkeiten.“

„Vielen Dank, Frau Petersen! Das wäre zwar nicht nötig gewesen, aber ich werde mir das Bier schmecken lassen.“

Im Zimmer schaute er auf sein Handy und sah, dass sowohl Sina als auch Rüdiger mehrfach angerufen hatten. Sina rief er zuerst zurück.

„Gott sei Dank, ich dachte schon, es wäre etwas passiert. Warum gehst du nicht ans Handy?“

„Reg dich nicht auf, mein Schatz. Ich war erst in der Klinik, danach spazieren und im Anschluss in der Sauna. Mir geht es gut, bis auf die Tatsache, dass ich hier bei Kerzenlicht sitze, weil der Strom ausgefallen ist.“

„Im Moment mache ich mir andauernd Sorgen. Ich hoffe nur, dass du den Stalker bald aus dem Verkehr ziehst, dann kann ich auch wieder ruhig schlafen. Was machst du noch?“

Er setzte sich hin und legte die Füße hoch.

„Wahrscheinlich schlafe ich gleich, aber vorher trinke ich noch ein Bierchen, das habe ich von der Hotel-Chefin bekommen.“

„Ein Bierchen? Ich tippe mal, das Bier hat Geschwister.“

Auch ohne sie zu sehen, wusste er, dass sie grinste. „Man muss dich einfach gernhaben. Ich liebe dich. Und gib Fee einen Kuss von mir.“

19.04.2023, Sylt, Frühstücksraum Hotel Wagenknecht

Nachdem Adi sich das großartige Frühstück hatte schmecken lassen, unterhielt er sich noch eine Weile mit Frau Petersen. „Heute ist unser letzter offener Tag, Herr Hessberger. Ab morgen machen wir dann endlich ein paar Tage Urlaub."

„Dann wünsche ich Ihnen viel Spaß. Bei dem täglichen Stress tut eine Auszeit sicher gut. Mir kommt es vor, als wäre mein Urlaub schon wieder Lichtjahre her."

Sie lächelte ihn freundlich an. „Soll ich Sie zum Bahnhof fahren?"

„Vielen Dank, aber beim Laufen bekomme ich den Kopf frei und sitzen kann ich auch noch im Zug."

Während der Fahrt überlegte Adi, wie er das Gespräch mit Melinda am besten beginnen sollte, denn irgendetwas passte da nicht zusammen.

*

Jörg Pfeiffer ging nach Feierabend am Waldeck spazieren. Er war immer noch auf Hundertachtzig, wenn er an diesen Ex-Bullen dachte. Irgendwann würde er ihm auflauern und ihm die Fresse polieren. Ein paar knallharte Jungs, denen er einen Gefallen getan hatte, wären sicher auch bereit, das für ihn zu übernehmen. Er malte sich aus, wie Hessberger verprügelt am Boden lag, und das zauberte ihm ein Lächeln ins Gesicht. Seit wann genau er so schlecht auf ihn zu sprechen war, wusste er nicht mehr. Allerdings hatte er von Anfang an auf Sina Fröhlich gestanden. Was hatte dieser Prolet und Kickers-Fan nur an sich, dass eine so scharfe Frau auf ihn flog? Unverständlich! Vielleicht ergab sich eine Chance für ihn, wenn Hessbergers Gesicht durch den Fleischwolf gedreht wurde. Dieser Gedanke gefiel ihm.

Zuerst merkte er nicht, dass das Motorengeräusch immer näher kam. Als das Fahrzeug nur noch ein paar Meter von ihm entfernt war, wurde ihm die Gefahr bewusst. Angstschweiß lief ihm den Rücken hinunter und er rannte um sein Leben …

*

Adi landete schon am frühen Abend in Offenbach. Er stieg in sein am Bahnhof geparktes Auto. Statt den direkten Weg nach Hause zu nehmen, machte er einen Schlenker über Bieber. Hier wollte er sich einen Kasten „Kloster Andechs" bei Getränke Blank in der Langener Straße holen. Der Weg hatte es in sich, denn so mancher Hase hatte hier schon für waghalsige Bremsmanöver gesorgt.

Ihm gingen viele Dinge durch den Kopf und so übersah er den Blitzer am Brunnenweg. Super, dachte er, das kostet locker 30 Euro, wenn es reicht! Jetzt war er so richtig auf Betriebstemperatur. Er fluchte laut vor sich hin. Wie immer, nahm er die Abkürzung durch den Wald. Plötzlich sah er diese kleine Drecksau von internem Ermittler vor sich den Waldweg entlanglaufen …

*

„Hallo mein Schatz, wie war deine Rückfahrt aus Sylt? Ist alles in Ordnung?" Sina schaute ihn prüfend an.

Er ließ die Tasche fallen und umarmte sie. „Nein, es ist alles okay, ich bin nur ein bisschen durch den Wind, weil es nicht vorangeht in unseren Fällen. Ich müsste mal mit Melinda sprechen, weil es ein paar Fragen gibt, die sie mir beantworten soll."

„Das trifft sich gut, sie wollte nachher auf ein Glas Wein vorbeikommen. Oder stört es, wenn ich dabei bin?"

„Also mich nicht, aber wir können sie einfach fragen."

Eine halbe Stunde später saßen die drei zusammen. Vor Melinda und Sina standen zwei Gläser Rotwein. Sina hatte vor einigen Tagen abgestillt und ihr schmeckte der tiefrote Italiener besonders gut.

Adi hielt ein eiskaltes Kloster Andechs rot in der Hand. „Mann, wie das zischt. Ich glaube, ein besseres Bier gibt es nicht."

„Gibt es irgendein Problem, Adi? Du schaust mich so komisch an. Ist etwas passiert?"

„Ja, Melinda. Da gibt es tatsächlich etwas, das ich mit dir besprechen möchte. Stört es dich, wenn Sina dabei bleibt?"

„Nein, ich habe vor ihr keine Geheimnisse, also sag schon, was möchtest du wissen?"

„Ich hab die Bilder von dir und dem Stalker sehr genau geprüft und mir ist etwas aufgefallen. Das hat mich veranlasst, nach Sylt zu fahren und mir die Klinik genauer anzusehen."

„Was könnte so wichtig sein? Gibt es Hinweise auf seine Herkunft?"

„Das leider nicht, aber mir ist etwas anderes aufgefallen. Der Raum, in dem eure Sexspiele aufgenommen wurden, ist keinesfalls in der Klinik, denn dort sind alle Zimmer gleich eingerichtet …"

In diesem Augenblick klingelte es an der Haustür.

Adi öffnete die Tür und war erstaunt. „Rüdiger! Komm rein. Magst du ein Bier?"

Der winkte ab und sah ihn ernst an: „Nein, ich bin leider beruflich hier. Wo warst du zwischen 18 Uhr und 19.30 Uhr?“

„Was soll das werden, Rüdiger? Sag mir, worum es geht.“

„Man hat Jörg Pfeiffer von der Internen Ermittlung am Waldeck gefunden. Das ganze Revier weiß Bescheid über eure Streitigkeiten. Vor ein paar Tagen erzählte er die Geschichte, dass du ihn angegriffen hast, und jetzt wird er angefahren.“

„Ich bin heute am frühen Abend erst wieder aus Sylt zurückgekommen. Dann habe ich noch ein paar Erledigungen gemacht. Wie geht es Pfeiffer?“

„Die Ärzte glauben nicht, dass er aus dem Koma wieder erwacht. Spätestens am Donnerstag werden die Kollegen dich zu diesem Fall befragen. Falls du nicht lückenlos aufklären kannst, wo du zur Tatzeit gewesen bist, giltst du als Verdächtiger. Dann wird gegen dich ermittelt und sie werden dein Auto untersuchen. Falls du nicht genug und vor allem richtige Antworten hast, solltest du einen Anwalt einschalten. Du selbst weißt am besten, wie so etwas laufen kann.“

„Warum fragst du mich nicht einfach, ob ich es war?“

„Adi, ehrlich gesagt, weil ich Angst habe, dass mir die Antwort nicht gefällt. Wenn du es getan hast, könnte ich es sogar verstehen. Pass auf jeden Fall auf dich auf und wenn du Hilfe brauchst, bin ich jederzeit für dich da. Mich werden sie keinesfalls ermitteln lassen, da jedem bekannt ist, wie eng wir befreundet sind.“

Als Adi wieder ins Wohnzimmer kam, schaute Sina ihn fragend an. „Du bist ja ganz blass. Ist etwas passiert? Und warum hat Rüdiger nicht mal kurz Hallo gesagt?“

„Er war eher beruflich hier und hat mir mitgeteilt, dass Jörg Pfeiffer heute Abend von einem Unbekannten angefahren wurde. Wahrscheinlich wird er nicht mehr aus dem Koma erwachen. Man wird mich für den Hauptverdächtigen halten."

Sina blieb ruhig. „Das glaube ich nicht! Du hättest ihn verprügelt, aber niemals würdest du einen Wehrlosen über den Haufen fahren. Stimmts, Adi?"

Er nickte nur kurz und wandte sich dann an Melinda. „Wir waren bei dem Zimmer mit den Filmaufnahmen stehen geblieben. Wo haben die Aufnahmen stattgefunden?"

Melinda war das Thema sichtlich peinlich. „Nachdem wir das erste Mal miteinander geschlafen hatten, kamen Beschwerden aus den angrenzenden Zimmern, dass wir zu laut waren. Ich habe mich so geschämt, dass wir ab und zu in ein Hotel gegangen sind."

„Das ist großartig", freute sich Adi, „dann bekommen wir seine richtigen Daten über das Anmeldeformular des Hotels!"

„Ich habe das Zimmer auf meinen Namen gebucht. Tut mir leid, Adi, jetzt bist du ganz umsonst nach Sylt gefahren."

20.04.2023, Büro Hessberger

Am Morgen kamen zwei Beamte in Adis Büro. „Würden Sie uns bitte ein paar Fragen beantworten? Oder sollen wir Sie lieber vorladen?"

Bisher war ihm Kommissar Menze nicht über den Weg gelaufen, aber er machte einen sympathischen Eindruck. „Es wäre prima, wenn wir das gleich hier erledigen könnten, denn in ein paar Minuten kommt mein neuer Mitarbeiter und es ist sein erster Arbeitstag."

Menze nickte. „Sie wissen wahrscheinlich schon, was dem Kollegen von der Internen Ermittlung widerfahren ist. Er wurde gestern von einem Unbekannten angefahren und so schwer verletzt, dass er im Koma liegt. Sie hatten mehrfach Streit mit ihm und erst vor einigen Tagen sollen Sie ihn verprügelt haben. Stimmt das?“

„Es ist richtig, dass ich den Kollegen Pfeiffer noch nie leiden konnte. Wir sind tatsächlich im Präsidium aneinandergeraten. Vor ein paar Tagen bin ich mit meiner Familie spazieren gegangen und da tauchte er plötzlich auf. Er beleidigte uns in schlimmster Art und Weise und da habe ich ihm Schläge angedroht – aber bei der Drohung ist es auch geblieben. Und das war es.“

„Können Sie uns sagen, wo Sie gestern zwischen 18 Uhr und 19.30 Uhr waren?“

„Ich kam am frühen Abend aus Sylt, habe noch ein paar Erledigungen gemacht und bin dann nach Hause gefahren.“

„Kann das jemand bestätigen?“

„Den ersten Teil die Deutsche Bahn, aber danach war ich allein unterwegs.“

„Wir würden uns gerne Ihr Auto mal ansehen, wäre das in Ordnung?“

„Ehrlich gesagt würde ich dazu gern vorher meinen Anwalt befragen.“

„Ich werde bestimmt nochmal auf Ihre mangelnde Kooperation zurückkommen. Falls wir noch Rückfragen haben, melden wir uns bei Ihnen.“

Ein paar Minuten später klingelte es wieder. Ein Rollstuhl fuhr die Rampe hoch.

„Lars, schön, dass du da bist. Einen besseren Zeitpunkt könnte es nicht geben, denn hier ist die Kacke am Dampfen.“

„Das hört sich nicht gut an, dann bring mich am besten auf den aktuellen Stand. Übrigens danke, dass du an eine Rampe gedacht hast. Das macht vieles leichter.“

Fünf Minuten später schaute Lars sichtlich geschockt seinen Freund und neuen Arbeitgeber an. „Das sind ja krasse News. Und alles hat mit dem Auftrag begonnen, einen Stalker zu finden. Aber jetzt wird alles gut, da sich endlich Fachpersonal um die offenen Fälle kümmert.“

Adi grinste ihn an. „Deswegen bist du hier. Und jetzt schau dir mal deinen neuen Arbeitsplatz an.“

Lars staunte über den großen Stahlschreibtisch mit der massiven Holzplatte. Darauf standen drei große Monitore, ein Telefon mit Türöffnungsfunktion, eine Funktastatur und ein Headset.

Die kleine Küche und das Bad waren behindertengerecht eingerichtet. Mühlbauer hatte Tränen in den Augen, weil Adi sich so viel Mühe gegeben hatte, ihm alles so leicht wie möglich zu machen. „Den höhenverstellbaren Schreibtisch hättest du nicht kaufen müssen.“

„Doch. Ich finde, das war schon notwendig. Wenn du nicht mehr daran glaubst, irgendwann wieder laufen zu können, dann ist das deine Sache. Ich glaube immer noch fest daran und dann sind wir vorbereitet. Außerdem war der Schreibtisch im Angebot!“

An diesem Tag digitalisierte Lars alle Fakten zu den ungelösten Fällen. Adi staunte über die Energie, die er dabei an den Tag legte. Dann fuhr Lars noch mal los, um zwei Beamer zu kaufen.

Als alles fertig angeschlossen war, staunte Adi Bauklötze. Die große weiße Bürowand war in bunte Farben getaucht. Alle Opfer waren auf der linken Seite zu sehen mit kleinen

Karten vom Fundort der Leichen. Die rechte Seite zeigte die bis dato bekannten Fakten. Insgeheim dachte Adi: Das war es für euch, meine geliebten Flipcharts.

Lars hatte die Fälle in fünf Kategorien eingeteilt:

- Rastplatzmorde an Lkw-Fahrern
- Fahrerflucht mit Todesfolge
- Stalker, Drohungen, Körperverletzung, Tiertötung
- Mord, Selbstmord und toter Hund am Flughafen
- Adi Hessberger

Adi runzelte die Stirn. „Warum eine Akte für mich?"

„Weil du tiefer in Schwierigkeiten steckst, als du denkst. Wenn wir davon ausgehen, dass du Pfeiffer nicht angefahren hast, müssen wir uns überlegen, wer es getan hat. Und jetzt wirst du verdächtigt. Das ist ein komischer Zufall und genau wie du glaube ich nicht an Zufälle."

*

Gegen 16 Uhr fuhr Adi mit Sinas Auto zur Werkstatt Nagel in der Mühlheimer Straße.

„Hallo Alexander, ist mein Auto schon fertig?"

„Du bist hier in der Karosserieabteilung und nicht bei Copperfield. Ein wenig wirst du dich noch gedulden müssen, bis wir den Wildschaden repariert haben. Wir haben schon alles instandgesetzt und morgen wird dein Wagen noch lackiert. Das muss ja einen schönen Schlag gegeben haben. Die Front war tüchtig beschädigt. Das Ganze wird sicher bei 3.000 Euro liegen."

21.04.2023, Matchday

„Adi, für dich, es ist das Polizeipräsidium. Ein Kommissar Menze."

„Was will der denn schon wieder? Stell ihn mir rüber, Lars."

„Guten Morgen, Herr Hessberger. Tut mir leid, dass ich schon wieder störe, aber es liegen neue Informationen zum Fall Pfeiffer vor und ich würde darüber gerne persönlich mit Ihnen sprechen. Können Sie um 14 Uhr vorbeikommen? Ich hol Sie am Empfang ab."

„Wollen Sie mich als Zeugen oder als Verdächtigen vernehmen?"

„Wenn ich ehrlich bin, weiß ich das noch nicht so genau. Es kommt darauf an, welche Antworten ich erhalte."

„Danke für Ihre Offenheit. Allerdings möchte ich auch offen sein. Wenn ich als möglicher Verdächtiger vernommen werde, schicken Sie mir eine Ladung, dann wird mein Anwalt bei dem Gespräch dabei sein."

Nachdem er aufgelegt hatte, ging Adi rüber zu Lars. Er lehnte sich an den Türrahmen und strich sich müde übers Gesicht.

„Ich glaube, die verdächtigen mich ernsthaft. Im Zweifel musst du hier die Stellung halten."

„Haben die irgendetwas gegen dich in der Hand, Adi?"

„Keine Ahnung, Kommissar Menze hat nur gemeint, dass es neue Informationen gibt. Ich werde mal meinen Rechtsanwalt anrufen und ihm die Sache schildern. Nicht dass er gerade plant, in den Urlaub zu fahren. Kannst du ihn mal anrufen und durchstellen? Rechtsanwalt Heinke in Wiesbaden, er steht in unseren Kontakten."

Eine Stunde später hatte er den Anwalt am Apparat.

„Hallo, Herr Hessberger, was macht der Nachwuchs? Ich hoffe, es ist nichts Schlimmes passiert."

„Danke für Ihre Zeit, Herr Heinke. Ich stehe aktuell als Verdächtiger im Fokus der Polizei. Da ich Streit mit einem Kommissar der Internen Ermittlung hatte und dieser jetzt angefahren wurde, soll ich eine Ladung erhalten. Ob als Beschuldigter oder als verdächtiger Zeuge weiß ich noch nicht."

„Kein Problem, ich werde natürlich mitkommen. In solchen Fällen sind die Beamten schnell und spätestens in der nächsten Woche müssen Sie mit dem Termin rechnen. Aber das kennen Sie ja alles aus eigener Erfahrung. Ich maile Ihnen eine Vollmacht, die Sie mir bitte unterschrieben zukommen lassen. Dann fordere ich Akteneinsicht, sobald die Ladung vorliegt. Bis dahin können wir nur abwarten."

Den Tag hatte Adi sich anders vorgestellt. Trotz der Probleme war eines klar: Heute Nachmittag musste er auf jeden Fall frühzeitig Feierabend machen, weil sein OFC zu Hause gegen die zweite Mannschaft vom VFB Stuttgart spielte.

*

Der OFC ging von Beginn an in die Offensive, allerdings ohne Durchschlagskraft vor dem Kasten. Das konnte echt nicht wahr sein. Die Kugel musste doch irgendwann mal ins Tor! Es war zum Haareraufen. Die 5.700 Zuschauer mussten mitansehen, wie beste Torchancen versemmelt wurden. Als ob das noch nicht genug wäre, verletzte sich Jayson Breitenbach so schwer, dass er ausgewechselt werden musste. Gegen Ende des Spiels bekam der bislang harmlose VFB ein bisschen Aufwind und getreu der alten Weisheit SCHEISSEN-

DRECK HAPPENS schossen die Schwaben kurz vor dem Ende auch noch den Siegtreffer.

Adi meinte zu seinem Kumpel Thomas Lein: „So viel Bier kann ich gar nicht trinken, um mir den Scheiß schönzusaufen!“ Dennoch wollten sie es zumindest versuchen und gingen schlecht gelaunt zur Bieberer Eckkneipe.

Das restliche Wochenende verlief glücklicherweise ohne Zwischenfälle. Adi ging mit seiner Familie viel spazieren und versuchte, nicht an die Ladung zu denken, die sich am Samstag in seinem Briefkasten befand. Der Termin war für Montagmorgen anberaumt. Irgendwie schwante ihm Böses.

24.04.2023, Vernehmungsraum im Polizeipräsidium Südosthessen

Adi hatte eine solche Situation schon einmal erlebt. Damals war er in Frankfurt verhört worden, da er zu diesem Zeitpunkt noch Polizist war und die Staatsanwaltschaft Frankfurt es so angeordnet hatte. Rechtsanwalt Jürgen Heinke saß neben ihm. Gegenüber nahmen Kommissar Menze und seine Kollegin Kommissarin Sattler Platz.

„Herr Hessberger, Sie werden zunächst als Zeuge vernommen zum Fall Jörg Pfeiffer, der am 19. April dieses Jahres zwischen 18 Uhr und 19.30 Uhr von einem Unbekannten angefahren wurde. Das Opfer befindet sich immer noch im Koma. Es ist bekannt und bewiesen, dass Sie mit dem Beamten Pfeiffer in einem Dauerstreit lagen und es auch schon zu Prügeleien kam. Ist das so weit richtig?“

Adi konnte es nur bestätigen.

„Herr Hessberger, Sie und Ihr Beistand wissen natürlich, dass Sie als Zeuge die Auskunft auf Fragen verweigern können, durch deren Beantwortung Sie sich selbst belasten würden, trotzdem muss ich Sie auf dieses Recht hinweisen."

Adi schaute seinen Anwalt an.

„Mein Mandant wurde nachweislich von Herrn Pfeiffer in übelster Art und Weise provoziert. Der Mann lauerte der Familie Hessberger sogar beim Spaziergang auf und belästigte sie. Trotz allem hat mein Mandant die Fassung bewahrt und es kam nicht zu Tätlichkeiten. Dafür gibt es eine Zeugin, Frau Melinda Kohler."

„Vielleicht kam es in dieser Situation nicht zu körperlicher Gewalt, aber im Vorfeld hat Ihr Mandant das Opfer verprügelt."

Herr Heinkes Gesicht blieb unbewegt.

„Lieber Herr Menze, vielleicht sollten wir hier unterscheiden zwischen Kantinengerüchten und Beweisen. Gibt es in dieser Angelegenheit Zeugen, die den von Ihnen erwähnten Sachverhalt gesehen haben?"

„Leider nein, Herr Heinke, aber im Prinzip weiß das ganze Präsidium, dass es sich so zugetragen hat."

„Ist das alles, was Sie haben, um meinen Mandanten zu verdächtigen? Ein paar Gerüchte und ein Streit unter Männern?"

„Das ist richtig, Herr Heinke, aber Sie wissen doch selbst, dass ein Tatverdacht am Anfang oft nur auf Indizien basiert. Eine letzte Frage hätte ich noch an Sie, Herr Hessberger. Wo waren Sie zur Tatzeit? Oder besser formuliert: Waren Sie zwischen 18 Uhr und 19.30 Uhr in der Nähe des Tatorts?"

Hessberger überlegte kurz und meinte: „Nicht, dass ich wüsste."

Menze holte ein Blatt aus der Akte. „Das Foto ist gut getroffen, Herr Hessberger. Am 19.04.2023 um 18.40 Uhr wurden Sie am Brunnenweg wegen einer Geschwindigkeitsübertretung geblitzt. Der Tatort befindet sich keine 700 Meter davon entfernt. Wie gesagt, Herr Heinke, alles Indizien, aber wenn ich noch ein paar wenige Umstände hinzufügen kann, wird der Staatsanwalt Anklage erheben."

„Dann sollten Sie diesen Umständen nachgehen, Herr Menze. Wir würden jetzt gehen." Heinke begann, seine Unterlagen einzuräumen.

„Eine letzte Frage habe ich noch: Wo steht Ihr Auto, Herr Hessberger? Bei Ihnen zu Hause auf jeden Fall nicht!"

*

„So, jetzt mal Butter bei die Fische", sagte Heinke, als sie vor dem Präsidium standen, „steht Ihr Auto noch in der Werkstatt und gibt es zu dem Unfall weitere Informationen, die mir helfen könnten, Sie zu entlasten?"

„Es hat sich nichts geändert. Ich hatte einen kleinen Wildunfall und das Auto wird bei Karosseriebau Nagel in der Mühlheimer Straße repariert."

„Mensch, Hessberger, war es wirklich ein Wildschaden?"

Man konnte am Gesicht des Rechtsanwalts ablesen, dass er keinesfalls erfreut war über die Entwicklung. „Sobald sich die Polizei bei Ihnen meldet, sagen Sie mir sofort Bescheid. Und diesmal bitte keine Überraschungen."

25.04.2023, Büro Hessberger

In Hessbergers Büro saßen Rüdiger Salzmann und Lars. Die beiden unterhielten sich über die Fallakten, die mittels der Beamer an die Wand geworfen wurden.

Rüdiger wandte sich an Adi: „Endlich hat die Technik bei dir Einzug gehalten. Das sieht schon gut aus, was Lars hier fabriziert. Ich komme gerade aus dem Krankenhaus. Jörg Pfeiffer ist immer noch ohne Bewusstsein und die Ärzte waren nicht sehr optimistisch, dass er wieder aufwacht. Allerdings haben wir einen Zeugen gefunden bei dem Mord am Nassen Dreieck. Ein Zeuge hat eine blonde Frau in der Nähe des Tatorts gesehen, die sich verdächtig benommen haben soll. Aber eine gute Beschreibung haben wir nicht. Leider reicht das für unseren Zeichner nicht aus. Aber es ist schön, dass wir wenigstens einen ersten Hinweis haben. Und Lars hat auch noch was gefunden."

Adi war gespannt.

„Ich habe mir alte und vorwiegend ungelöste Fälle aus dem Gebiet rund um Offenbach angesehen und dann den Radius etwas erweitert. Bei den bayrischen Kollegen bin ich fündig geworden. Es gab zwei Fälle aus den Jahren 2016 und 2017, die nach dem gleichen Muster erfolgt sind wie die Morde an unseren Lkw-Fahrern. Ein ermittelnder Polizist sagte laut Protokoll, dass die Fahrer noch kurz vor ihrem Tod Geschlechtsverkehr hatten, und fragte sich: ‚Handelt es sich hier um eine durchgeknallte Nutte, die wie ein Spinnenweibchen das Männchen nach dem Akt umbringt?'"

„Der Kollege nimmt ja kein Blatt vor den Mund. Möglicherweise stimmt seine Theorie. Doch welches Motiv könnte dahinterstecken? Warum bringt eine Frau Männer um, die

Lkw fahren? Damit wären alle herkömmlichen Annahmen außer Kraft gesetzt, denn wir haben es dann mit einem weiblichen Serienmörder zu tun." Adi schüttelte bei seinen eigenen Worten den Kopf. Das ging über seine Vorstellungskraft hinaus. „Was sagt uns denn eigentlich, dass es sich wirklich um eine Frau handelt? Warum kann es kein Mann mit Perücke oder in Frauenkleidern sein? Hat man denn DNA gefunden, die das Ganze untermauert?"

„Laut den Berichten gibt es dazu keine eindeutigen Hinweise. Wir haben nur die Aussage des bayrischen Polizisten und einer Zeugin, die eine verdächtige Frau gesehen haben will. Keine Fingerabdrücke, keine Kameraaufzeichnung von einem der Parkplätze, keine Tatwaffe, im Prinzip haben wir nichts!"

Der restliche Tag stand im Zeichen der Lkw-Morde. Irgendwie hatten alle das Gefühl, die Akten auswendig zu kennen, ohne dass es auch nur einen kleinen Schritt vorwärts ging.

26.04.2023, Wohnung Hessberger

Es war, als würde sich das Schicksal einen kleinen Spaß erlauben. Folgende Schlagzeile der Offenbach-Post sprang Adi direkt ins Auge: „Unfallflucht bald keine Straftat mehr!"

Das mochte wohl stimmen, solange kein Personenschaden vorlag. Dieser Fall – oder besser gesagt: sein Fall – lag leider anders. Adi war sehr besorgt, wie sich das Ganze entwickeln würde. Er hatte Kommissar Menzes Worte im Ohr: Wenn ich mit dem zuständigen Staatsanwalt rede …"

Es war nur eine Frage der Zeit, bis sein Fahrzeug untersucht werden würde, und dann waren es vielleicht zu viele Indizien. Die Sache mit Pfeiffer war aus dem Ruder gelaufen. Wie gern würde er die Zeit einfach zurückdrehen! Jetzt lag Pfeiffer im Koma und er war noch nicht einmal sicher, ob ihm das leidtat. Die komplette Situation war von Beginn an unglücklich gelaufen. Immerhin würde es zumindest vorerst keine Streitereien mit dem Ermittler mehr geben. Falls er überhaupt irgendwann wieder aufwachte.

Sina holte ihn aus seinen Gedanken. „Na, so trübsinnig, mein Schatz? Woran denkst du?“

Frustriert stieß Adi die Luft aus. „Meine Gedanken kreisen um den angefahrenen Ermittler. Das Schlimme an der Sache ist, dass ich keinerlei Mitleid empfinde. Ehrlich gesagt eher das Gegenteil. Er hat es wirklich verdient nach allem, was vorgefallen ist. Und wäre das jetzt nicht passiert, würde es immer weitergehen mit Anfeindungen, Drohungen und Beleidigungen. Als er dich durch den Dreck gezogen hat, war ich bereit, ihn umzubringen, ohne zu zögern.“

27.04.2023, am Geburtstagstisch

Das Frühstück sah lecker aus. Eier mit Speck, frische Brötchen, ungarische Salami, Nutella und frischer Kaffee, so konnte ein Geburtstag beginnen. Sina hatte alles schön gedeckt und so saßen die beiden gut gelaunt am Tisch, während Fiona fröhlich an ihrem OFC-Schnuller nuckelte.

„Und, Adi, bist du neugierig auf deine Geschenke?“

„Na klar, ich bin bereit zum Auspacken.“

Sina küsste ihn auf den Mund und holte das erste Päckchen vom Wohnzimmertisch.

Gerade als er das Geschenkpapier aufreißen wollte, klingelte es an der Haustür. Er öffnete. Davor standen zwei Polizisten. „Herr Hessberger, bitte kommen Sie mit uns aufs Präsidium!"

*

Sina hatte zuerst Rechtsanwalt Heinke angerufen, der versprach, sich sogleich auf den Weg zu machen. Dann telefonierte sie erneut. „Rüdiger, eben stand die Polizei vor der Tür, sie haben Adi einfach mitgenommen. Die wollen ihm die Sache mit Pfeiffer anhängen. Was soll ich bloß tun?"

„Ich wusste davon nichts. Wahrscheinlich traut man mir nicht, weil ich ein guter Freund von ihm bin. Auf jeden Fall versuche ich, Einsicht in die Akte zu erhalten. Bist du sicher, dass Adi nichts damit zu tun hat? Vielleicht war es ja ein Unfall. Er reagiert immer so komisch, wenn man ihn auf die Sache anspricht."

„Das darfst du nicht mal denken, er ist schließlich dein Freund!"

„Das stimmt, Sina, aber leider ist er ein sehr unbeherrschter Freund und Pfeiffer hat ihn bis aufs Blut gereizt. Du weißt, wenn es gegen dich geht, dann flippt er aus. Doch egal was am Ende passiert ist, ich werde ihm immer helfen – und wenn ich für ihn lügen müsste!"

„Danke, Rüdiger, aber ich hoffe, das ist nicht notwendig. Es wird sich alles aufklären. Vielleicht wacht Pfeiffer ja wieder aus dem Koma auf und kann Adi entlasten."

„Das wäre wunderbar, Sina. Aber jetzt ruft die Pflicht. Kopf hoch! Ich melde mich."

Als er auflegte, dachte er: Vielleicht ist es besser, er wacht nicht mehr auf …

*

Im Vernehmungsraum saßen Kommissar Menze und Adi Hessberger. „Es macht Ihnen wohl Spaß, mir meinen Geburtstag zu versauen!"

„Wenn Sie die Wahrheit sagen würden, säßen Sie heute nicht hier. Es haben schon im Vorfeld einige Indizien gegen Sie gesprochen. Dann haben Sie gelogen, als Sie behaupteten, nicht in der Nähe des Tatorts gewesen zu sein. Wir konnten mittels der Blitzampel sogar beweisen, dass Sie sich zur Tatzeit in unmittelbarer Nähe befanden." Menze knallte die Akte mit Wucht auf den Tisch. „Wo ist Ihr Auto? Nach dem Unfall hat es sich wohl in Luft aufgelöst."

Adi sah ihn unbewegt an.

„Ich sage nichts, bis mein Anwalt hier ist."

„Vielleicht ist das sogar besser, denn wie ich es sehe, stecken Sie bis zum Hals in Problemen. Ich kann Ihnen nur raten, reinen Tisch zu machen, bevor wir das Ganze unter dem Aspekt Versuchter Mord betrachten."

In diesem Augenblick klopfte es an der Tür. Ein Beamter meldete, dass der Rechtsanwalt eingetroffen sei.

Jürgen Heinke drängte sich an dem Mann vorbei. Er sah ungehalten aus. „Mein Mandant wird ab jetzt nur noch mit Ihnen sprechen, wenn ich anwesend bin. Habe ich mich klar genug ausgedrückt, Herr Menze?"

„Keine Angst, Herr Hessberger ist schweigsam wie ein Fisch. Deshalb lassen wir die Fakten sprechen. Und die sagen eindeutig, dass er am Tatort war."

Heinke beugte sich vor. „Dann legen Sie doch die Karten auf den Tisch. Welche Zeugen haben gesehen, dass Herr Hessberger sich zur Tatzeit am Tatort befand? Gibt es Fingerabdrücke, DNA, Kameraaufzeichnungen und so weiter?"

„Herr Heinke, Sie wissen doch so gut wie ich, in wie vielen Fällen aufgrund einer Indizienkette schon Verurteilungen erfolgt sind. Und die Indizien sprechen alle gegen ihn."

„Mir ist das alles zu wenig. Hessberger wurde zu einem Zeitpunkt geblitzt, der eine Dreiviertelstunde vor oder nach der Tatzeit liegen könnte. Übrigens 700 Meter vom Tatort entfernt, wenn ich mich recht entsinne. Zudem auf einer breiten Straße, die ihm die Möglichkeit gab, geradeaus zu fahren, links abzubiegen oder gar zu wenden. Das ist sehr, sehr wacklig."

Triumphierend legte Menze ein Dokument auf den Tisch. „Das ist ein Kostenvoranschlag von Karosseriebau Nagel in Höhe von 2.850 Euro. Dieser wurde einen Tag nach der Tat erstellt. Dabei handelt es sich um einen Frontschaden. Was sagen Sie jetzt, Herr Anwalt?"

Heinke schaute sich die drei Seiten an, schüttelte den Kopf und sah Menze direkt in die Augen. „Ich lese hier Wildschaden als Überschrift. Die Beseitigung eines durch Wild verursachten Unfalls. Hier steht nichts davon, dass jemand angefahren wurde." Die Stimme des Rechtsanwalts versprühte einen Hauch von Ironie.

Menze hatte aber noch einen Trumpf im Ärmel. „An der Stoßstange seines Wagens befand sich laut Aussage eines Mitarbeiters der Werkstatt Blut."

„Und wurde es analysiert mit dem Ergebnis: menschliches Blut?"

„Das war nicht möglich, da die Reparatur des Fahrzeugs schon erfolgt war. Wenn es ein Wildschaden gewesen wäre, hätte der Versicherungsnehmer den Schaden melden müssen. Aber es wurde kein Förster benachrichtigt und es wurden auch keine Beweise bzw. Tierhaare gesichert. Das lässt uns darauf schließen, dass Ihr Mandant den Mordanschlag vertuschen wollte!"

„Oder keine Kaskoversicherung hat. Dies ist übrigens dem Alter des Wagens geschuldet", parierte Heinke. „Aus diesem Grund war eine Beweissicherung nicht notwendig. Sie können jetzt gerne überlegen, ob Sie eine Anklage auslösen wollen, weil ein Tier in sein Auto lief, das danach in den Wald rannte. Übrigens …", Heinke legte eine bedeutungsvolle Pause ein und hob anschließend die Stimme, „… ich habe ein paar Erkundigungen über Sie eingezogen. Dabei hat sich ergeben, dass Sie ein enger Freund von Jörg Pfeiffer sind. Vielleicht sollte man den Fall einem Beamten übertragen, der nicht so emotional mit dem Opfer verbunden ist. Ich denke, das war es. Darf ich Herrn Hessberger jetzt bitte mitnehmen?"

Wutentbrannt schaute Menze ihn an. „Sie wissen, dass ich ihn eine Weile hierbehalten kann."

Bevor er weitersprechen konnte, ging die Tür auf und Menze hörte die zornige Stimme von Polizeipräsident Eberhard Möller, seinem Chef: „Es reicht!" Zu Heinke und Hessberger gewandt sagte Möller: „Es tut mir leid, natürlich können Sie gehen. Sollten sich noch Fragen ergeben, melden wir uns."

In einem Nebenraum hatte Möller sich die Vernehmung angesehen. Er hegte seit langer Zeit starke Sympathien für seinen ehemaligen besten Ermittler, allerdings wusste jeder, dass er sich immer neutral und objektiv verhielt.

*

„Ich glaube, Kommissar Menze bekommt Ärger mit seinem Chef, aber das hat er sich verdient. Obwohl er nicht ganz Unrecht hat, Herr Hessberger. Die Beweislage ist dünn, aber viele Indizien sprechen dafür, dass Sie als Hauptverdächtiger infrage kommen. Ich bin Ihr Anwalt und zu absoluter Verschwiegenheit verpflichtet, aber ich würde es begrüßen, die ganze Wahrheit zu kennen. Gibt es noch etwas, das ich wissen sollte?"

„Nein, ich habe Ihnen alles gesagt. Ich glaube, dass das Ganze einfach an einer Verkettung von unglücklichen Umständen liegt. Deshalb ist das Naheliegendste, mich zu verdächtigen."

„Dann schlage ich vor, dass Sie dort weitermachen, wo Sie aufgehört haben. Ich glaube, Ihre Frau wartet mit dem Kuchen auf Sie. Übrigens herzlichen Glückwunsch zum Geburtstag und ab jetzt einen ruhigen Verlauf."

*

Sina öffnete Adi die Tür und umarmte ihn lange. „Ich bin so froh, dass du wieder zurück bist. War es schlimm?"

„Wenn es nach Kommissar Menze ginge, wäre ich schon in der Untersuchungshaft. Aber Heinke war richtig gut und hat auf alles die passende Antwort gehabt. Leider war es nur ein kleiner Erfolg, denn die Sache ist noch nicht ausgestanden. Oh mein Gott, ich wünschte, es wäre nie passiert. Ich glaube, da habe ich richtig Scheiße gebaut."

*

Alexander Nagel machte sich Gedanken, als ihm ein Mitarbeiter sagte, dass die Polizei plötzlich vor der Lackierkabine stand. Er war schon viele Jahre mit Adi befreundet und traute ihm absolut kein Verbrechen zu. Laut seinem Angestellten hatte die Polizei erst nichts sagen wollen, dann hatten sie unter dem Siegel der Verschwiegenheit damit rausgerückt. Irgendwie hatte das Ganze den Eindruck vermittelt, als wolle man Hessberger diskreditieren.

Jetzt stand der Firmeninhaber vor den Altteilen der Reparatur und schaute sich den Stoßfänger genau an. Man konnte die Rückstände von Blut gut erkennen. Ohne weiter zu überlegen, flexte er die Stoßstange in der Mitte durch, packte sie in einen großen Müllsack und legte ihn in den Kofferraum seines Wagens. Dann ging er ins Büro.

28.04.2023, Mühlheimer Straße, Offenbach

Alexander Nagel erhob sich von seinem Schreibtisch, als Kommissar Menze mit mehreren Begleitern in den Büroraum der Werkstatt trat. „Was kann ich für Sie tun?“

Menze kam gleich zur Sache. „Wir haben einen Beschluss, die Altteile von Hessbergers Fahrzeug mitzunehmen. Das Fahrzeug selbst benötigen wir nicht, da haben Sie schon alle verwertbaren Spuren zerstört.“

„Das hört sich vorwurfsvoll an. Sie wissen, dass es unser Job ist, kaputte Autos schnellstmöglich zu reparieren. Also, wo liegt Ihr Problem?“

Menze merkte, dass er den falschen Ton angeschlagen hatte. „Tut mir leid, es ärgert mich, dass uns der Kerl vielleicht durch die Lappen geht, nur weil es keine Spuren mehr gibt."

„Gut, dann bringe ich Sie jetzt ins Lager."

Menze schaute ungläubig auf den leeren Raum. „Wo sind die Teile von Hessbergers Wagen?"

„Das müssen Sie und Ihre Kollegen schon selbst herausfinden. Gestern haben mehrere Schrotthändler die Sachen abgeholt. Das passiert in der Regel zum Monatsende. Ich kann Ihnen aber gerne die Namen der vier Abholer nennen."

Menze verlor die Fassung. „Sie rufen bei den Leuten an und fordern die Teile wieder zurück oder es gibt richtig Ärger."

Nagel konterte unbewegt: „Darf ich den Beschluss noch mal sehen? Steht darin, dass ich die Arbeit für Sie machen muss?"

Menzes Gesicht hatte eine ungesunde Farbe angenommen. „Werden Sie bloß nicht unverschämt. Sie stecken doch mit Hessberger unter einer Decke. Wenn ich das beweisen kann, kriege ich Sie dran wegen Beihilfe. So, und jetzt geben Sie mir die Adressen!"

Nagel zuckte mit den Schultern. „Wie Sie wollen, aber finden Sie nicht, dass das viel Aufwand für eine Fahrerflucht ist?"

„Von wegen Fahrerflucht. Es war ein Mordversuch und wenn das Opfer stirbt, kriege ich ihn wegen geplantem Mord dran!"

Alexander Nagel schluckte und warf unbewusst einen kurzen Blick auf den Kofferraum seines Autos.

*

Es war später Nachmittag auf dem Friedhof in Offenbach-Bieber. Der städtische Friedhofsgärtner Andreas Bender hatte sein Tagwerk fast hinter sich. Als mobiler Springer war er zuständig für mehrere Friedhöfe im Umkreis. Manchmal schaute er sich einfach die Gräber an und stellte fest, dass die meisten von den Angehörigen liebevoll gepflegt wurden.

An einem Grab faszinierten ihn der OFC-Stein und die vielen tröstenden Sprüche und Bilder. Das war auf jeden Fall ein Mensch, der vielen in sehr guter Erinnerung geblieben war. Tara – was wohl hinter diesem Schicksal stecken mochte?

Er lief weiter und stutzte plötzlich. An einem Grab sah er etwas, das dort nicht hingehörte. Der gelbe Zettel klebte am Grabkreuz. Dass die Leute ihren Müll nicht entsorgen können, dachte er genervt, nahm den Zettel ab, schaute kurz darauf, schüttelte den Kopf und warf ihn in den Müll. Die Leute ließen sich manchmal die komischsten Dinge einfallen, dachte Bender. La Le Lu …

Er machte sich daran, das nächste Grab zu pflegen.

2006

Eben noch himmelhochjauchzend – und dann bricht alles wie ein Kartenhaus zusammen. Die vertraute Umgebung, das friedliche Leben in einem idyllischen Umfeld entwickeln ein Eigenleben. Die Ereignisse überrollen alles, was du bisher kanntest, in einer Geschwindigkeit, die dich zitternd am Straßenrand stehen lässt, und du siehst dabei zu, wie sich dein bisheriges Leben in Luft auflöst. Deine Gefühle und Gedanken sind auf einmal fremdgesteuert und aus dieser Hölle gibt es nur einen Ausweg …

29.04.2023, Wiesbaden

Hessberger saß in den Räumen der Kanzlei Heinke und wartete auf den Rechtsanwalt.

„Guten Morgen, wie geht es Ihnen heute?"

„Ging mir schon besser, Herr Heinke", kam es mürrisch über Adis Lippen. „Der Fall belastet mich, hinzu kommen noch einige ungeklärte Fälle. Im Moment ist es wirklich ein bisschen viel."

„Das kann ich verstehen. Allerdings müssen wir dem Polizeipräsidium Südosthessen Verständnis entgegenbringen. Die Fakten könnten auf Sie als Täter hinweisen. Außerdem sagt mir mein Bauchgefühl, dass Sie wahrscheinlich noch ein paar Details für sich behalten haben. Ihnen ist schon klar, dass es besser wäre, wenn ich die ganze Wahrheit wüsste?"

„Ganz ehrlich, Herr Heinke, es gibt nichts, was sich dadurch ändern ließe."

„Wünschen Sie sich eigentlich, dass Jörg Pfeiffer wieder aus dem Koma erwacht?"

*

Die Frage stand noch lange unbeantwortet im Raum, als Hessberger das Büro längst wieder verlassen hatte. Er fuhr mit der S-Bahn von Wiesbaden Richtung Offenbach-Ost. Sein Fahrzeug stand immer noch in der Werkstatt und so war er auf die öffentlichen Verkehrsmittel angewiesen. Da blieb ihm genug Zeit zum Nachdenken. Gestern Abend hatte ihn Alexander angerufen und ihm mitgeteilt, dass die Polizei die defekten Teile seines Autos beschlagnahmen wollte. Doch Alexander hatte sie in bester Absicht beiseitegeschafft. Adi nahm das verblüfft zur Kenntnis. Im Prinzip hätte er auch sauer sein können. In seinem Hirn ratterte es. War das nun eine gute oder schlechte Entscheidung – vor allem im Hinblick darauf, dass die Teile ihn be-, aber auch entlasten konnten?

30.04.2023, Stadion des SSV Ulm

Diesmal spielte der OFC beim SSV Ulm. Der Zweitplatzierte konnte heute die Tabellenspitze der Regionalliga Südwest zurückerobern. So harmlos, wie der OFC in den letzten Wochen gespielt hatte, würde nichts Zählbares herauskommen. Im Prinzip reiste die Mannschaft mit der weißen Fahne im Gepäck und das war das Schlimmste für die Fans.

Heute sollte es keinerlei Support geben. Keine Anfeuerung und keine Unterstützung. Diese Aktion sollte den OFC aufrütteln, aber der Plan ging nicht auf. Keine Torchancen und wenig Siegeswillen. Es war einfach nur traurig.

Als Adi während der Rückfahrt mit einer Flasche Bier im Fanbus saß, las er eine Nachricht von Lars auf seinem Handy. Ein Gedicht, das perfekt zur Situation passte:

Unter einer Trauerweide ich hier in der Asche lieg.
Wer ich bin, wollt ihr gern wissen? Ich bin der letzte Kickers-Sieg.

Die Stimmung im Bus war im Keller, obgleich einige Fans mit steigendem Alkoholpegel schon wieder die ersten Aufstiegshoffnungen für die nächste Saison verkündeten. Da musste sogar Adi lachen. Die Meisterschaft lag Lichtjahre entfernt.

Jetzt galt es, den Fußball auszublenden und sich stattdessen in den nächsten Tagen intensiver der Arbeit zu widmen, denn die hatte er, auch aufgrund der eigenen Probleme, etwas schleifen lassen. Aus diesem Grund hatte er sich entschieden, den ersten Mai zumindest teilweise im Büro zu verbringen.

Lars Mühlbauer war in den letzten Tagen wesentlich fleißiger gewesen als sein Kollege. Mit einer speziellen Software hatte er die Prepaid-Handynummer des Stalkers auf 20 Kilometer eingrenzen können. Das Telefon wurde im Bereich Aschaffenburg genutzt.

„Und was machen wir jetzt damit?“, fragte Adi. „Soll ich jetzt dort hinfahren und versuchen, das Handy so lange anzurufen, bis ich den Klingelton irgendwo höre?“

„Nein, Adi, du sollst die Handyläden in der Umgebung abtelefonieren und nachfragen, ob diese Nummer in einem davon mit der Adresse hinterlegt ist.“

„Heute wird das schon mal nichts, denn es ist Feiertag. Nur wir beiden Blöden sitzen hier und arbeiten.“

„Stimmt, weil wir nichts Besseres vorhaben. Aber im Ernst, es kann auch sein, dass die Ladenbesitzer keine Informationen am Telefon rausgeben, dann müsstest du persönlich hinfahren. Und falls du dem Stalker tatsächlich begegnest, erkennst du ihn hoffentlich aufgrund des Bildes, das der Polizeizeichner mit Melinda angefertigt hat."

Adi nahm einen Schluck Kaffee und sah Lars zweifelnd an. „Ob man mit diesem Bild überhaupt etwas anfangen kann, wage ich zu bezweifeln. Lass es uns auf jeden Fall versuchen. Wir teilen uns die Arbeit auf: Du telefonierst und ich lasse vor Ort meinen Charme spielen."

02.05.2023, Aschaffenburg

Mittlerweile hatte Adi schon den dritten Anlauf unternommen, Näheres über den Stalker zu erfahren. Zum Glück waren die meisten Angestellten kooperativ, vor allem, wenn er einen Zwanziger auf den Tisch legte. Allerdings wusste er jetzt nur, bei wem das Handy nicht gekauft worden war. Das war mal wieder das typische Ausschlussverfahren. Zwischendurch stimmte er sich mit Lars Mühlbauer ab, der leider auch keinen Erfolg vermelden konnte.

Hessbergers Handy vibrierte. Er hatte es bei seinen Gesprächen auf lautlos gestellt. Rüdiger war am Apparat.

„Mensch, wo bist du? Die Jungs vom Revier suchen nach dir. Jörg Pfeiffer ist kurz aus dem Koma erwacht. Er hat wohl zweimal ‚Hessberger' gesagt und jetzt ist er nicht mehr ansprechbar. Kommissar Menze hat sich sofort beim zuständigen Staatsanwalt einen Haftbefehlsantrag besorgt, weil er glaubt, dass Pfeiffer den Täter benannt hat. Die Indizien sprechen echt gegen dich. Wir müssen unbedingt herausfinden, wer Pfeiffer angefahren hat, sonst landest du am Ende im Knast."

„Was für ein Mist! Das kann doch alles nicht wahr sein! Ich bin hier in Aschaffenburg und suche nach Hinweisen auf unseren Stalker. Sobald ich zurück bin, gehe ich im Krankenhaus vorbei und schaue, ob Pfeiffer ansprechbar ist, und dann melde ich mich auf dem Präsidium. Vorher werde ich meinen Rechtsanwalt informieren. Bei den vielen Vorladungen kommt man kaum noch zum Arbeiten. Könntest du Sina Bescheid geben, dass es möglicherweise später wird?"

„Kein Problem, ich werde auch die Kollegen informieren, dass du dich meldest, nicht, dass dem Menze noch einfällt, eine bundesweite Fahndung einzuleiten. So was fehlt gerade noch! Übrigens halte ich es für keine gute Idee, in die Klinik zu gehen. Aber du hörst ja sowieso nicht auf mich. Solltest du morgen noch auf freiem Fuß sein, machen wir ein Update der offenen Fälle."

„Spaßvogel!"

*

Während Kommissar Menze fieberhaft nach Hessberger suchen ließ, war Alexander Nagel mit seinem Fahrzeug an der Müllverbrennung angekommen. Den Stoßfänger von Hessbergers Wagen hatte er in sechs Teile geflext, die er jetzt an unterschiedlichen Stellen entsorgte. Als er das letzte Teil los war, atmete er tief durch und dachte bei sich, dass er das einzig Richtige getan hatte.

*

Hessberger kaufte sich ein Brötchen und danach ging es mit neuem Elan in den nächsten Handyladen. Das Geschäft machte einen netten Eindruck. Adi hatte Glück, es war nicht viel los. Er zeigte dem Verkäufer seinen Ausweis. Zuerst war der Mann sehr zurückhaltend. Aber als Adi andeutete, was der Stalker alles auf dem Kerbholz hatte, schaute er in seiner Kundenkartei nach. Die Handynummer ergab einen Treffer.

„Kann es sein, dass Sie auch Karten mit fehlerhaften Adressen anbieten?"

Der Verkäufer schaffte es nicht, Adi in die Augen zu schauen. „Manchmal verdiene ich mir ein wenig dazu, mit SIM-Karten kombiniert mit falschen Adressen."

„Okay, machen wir es anders. Erkennen Sie den Mann auf dem Bild?"

Er nickte. „Allerdings sieht ihm das Bild nur bedingt ähnlich. Ich kenne ihn persönlich. Moment …" Er betätigte einige Tasten an seinem Computer und drehte den Bildschirm. „Hier ist ein Bild von ihm auf Facebook."

Adi war vor Begeisterung kaum noch zu bremsen. „Können Sie mir die Adresse geben?"

„Eigentlich darf ich das nicht, doch in diesem besonderen Fall mache ich eine Ausnahme. Aber von mir haben Sie die nicht, ich möchte nicht in Schwierigkeiten geraten. Er hat bei mir schon mehrere Prepaid-Handys gekauft, weil er manchmal mehrere Freundinnen gleichzeitig hat, wovon die natürlich nichts wissen dürfen. Übrigens wohnt er gleich um die Ecke."

Adi konnte es gar nicht abwarten, dem Stalker endlich gegenüberzustehen. Vorher rief er noch Lars an. „Du, ich habe endlich eine heiße Spur, und wenn es gut läuft, haben wir bald unseren Täter."

„Das ist wirklich großartig, Adi, aber du musst schnellstens hierherkommen. Die Polizei sucht nach dir."

„Das muss warten, ich stehe hier kurz vor dem Durchbruch. Vielleicht werde ich die Wohnung observieren, dann kann es sein, dass ich erst morgen wieder zurück bin."

In Adi war das Fieber erwacht. Ein Feuer, das längst erloschen schien. Deshalb war er mal Polizist geworden.

Die Wohnung lag im Erdgeschoss eines Mehrfamilienhauses. Inzwischen war es 19 Uhr. Niemand schien in der Wohnung zu sein. Adi hatte sich entschieden, einfach abzuwarten, bis jemand auftauchte.

Immer noch brannte kein Licht. Mittlerweile wartete er schon seit fast drei Stunden. Da öffnete sich die Eingangstür und eine Frau mit einem Boxer an der Leine kam heraus. Sobald die Frau in eine andere Richtung sah, lief Adi zu der sich schließenden Tür und huschte ins Treppenhaus. Ein Kribbeln ging durch seinen ganzen Körper, denn er war natürlich der Gefahr ausgesetzt, erwischt zu werden. Aus seiner Tasche holte er einen illegal erworbenen Dietrich und bearbeitete die Wohnungstür. Nach etwa einer Minute war sie offen. Mit seiner Handy-Taschenlampe leuchtete er den Flur aus. Als er sich überzeugt hatte, dass die Wohnung wirklich leer war, durchsuchte er die einzelnen Räume. Im Prinzip hätte er die Polizei einschalten müssen, aber das war im Moment ungünstig, weil die ja nach ihm suchte. Um das Dilemma zu lösen, blieb nur der Weg, auf eigene Faust zu ermitteln.

Ein Geräusch durchdrang die Stille. Ein Schlüssel drehte sich im Schloss und Adi wurde durch grelles Licht geblendet. Er sah einen großen Schatten, der die Tür von außen sofort wieder zuwarf und abschloss, bevor er auch nur ansatzweise reagieren konnte. Adi rannte zum Fenster, das komplett von Pflanzen belagert war. Nachdem er sich ein wenig Platz verschafft hatte, sprang er aus dem Fenster. Doch von dem Stalker war nichts mehr zu sehen. Dafür hörte er eine schrille Stimme. „Einbrecher, schnell, wir brauchen die Polizei."

Adi wollte sich aus dem Staub machen, da hörte er das bösartige Knurren des Boxers. Mit ein paar Tritten verscheuchte er den Hund und rannte so schnell er konnte davon. Als er sicher war, dass niemand ihm folgte, beschloss er, in Ruhe nachzudenken, wie er weiter agieren sollte. Er fand einen McDonald's und setzte sich an einen abgeschiedenen Platz. Eiskalte Cola und dazu ein Burger mit Pommes. Da sah die Welt schon wieder anders aus. Natürlich ärgerte es ihn maßlos, dass ihm der Stalker entwischt war, aber jetzt gab es zumindest eine Adresse. Es machte keinen Sinn, weiterhin vor Ort zu bleiben, also würde er den ersten Zug um 4.28 Uhr nach Offenbach nehmen. Bis 3 Uhr hatte McDonald's geöffnet, dann musste er nur noch die restliche Zeit überbrücken. Jetzt wollte er trotz der späten Stunde erst einmal Sina anrufen.

„Hallo Schatz, ich weiß, es ist schon spät, aber es gab leider keine Option, mich vorher zu melden."

„Ich hab mir voll Sorgen gemacht. Keine Nachrichten von dir und dann taucht zu allem Überfluss die Polizei auf und sucht dich. Kannst du mir sagen, was eigentlich los ist?"

„Ich bin um 6 Uhr zu Hause, dann können wir reden. Danach muss ich noch etwas Wichtiges erledigen und anschließend gehe ich zum Präsidium. Vielleicht ist uns der Durchbruch gelungen, ich kenne den Aufenthaltsort des Stalkers."

03.05.2023, Sana Klinikum

Im Krankenhaus herrschte reges Treiben. Schwestern, Ärzte und Besucher tummelten sich auf den Klinikgängen. Man konnte die einzelnen Menschen kaum unterscheiden, zumindest nicht das Personal, da alle eine Maske trugen. Adi wusste von Rüdiger, in welchem Zimmer der Koma-Patient lag. Er war an mehrere Schläuche angeschlossen.

Vorsichtig beugte er sich über Jörg Pfeiffer, als er eine bekannte Stimme hörte. „Habe ich es mir doch gedacht. Das, was Ihnen im Wald nicht gelungen ist, wollten Sie hier beenden. Aber daraus wird nichts, Hessberger. Sie sind verhaftet."

*

Adi saß etwa 30 Minuten alleine im Verhörraum, als die Tür aufging und Rechtsanwalt Heinke eintrat.

„Sind Sie von allen guten Geistern verlassen? Zuerst sind Sie nicht erreichbar und dann musste es unbedingt noch ein Besuch bei Pfeiffer sein. Kommissar Menze glaubt nun, dass Sie den lästigen Zeugen aus dem Weg räumen wollten. Und wenn man vernünftig darüber nachdenkt, könnte man zum selben Schluss kommen. Also, warum waren Sie dort?"

„Ich habe tatsächlich gedacht, dass ich mit ihm reden könnte, wenn er noch mal aufwacht."

„Das klingt ein bisschen dürftig. Hätten Sie so eine Aussage in Ihrer Zeit als Polizist geglaubt? Wir können es uns nicht leisten, solche Flanken aufzumachen. Falls es mir tatsächlich gelingen sollte, Sie heute wieder rauszuhauen, dann halten Sie sich zukünftig fern von Pfeiffer. Sind wir uns da einig?"

Zerknirscht nickte Hessberger. Es war auch wirklich eine beschissene Idee gewesen, ins Krankenhaus zu gehen. Und noch schlimmer war die Tatsache, dass er erwischt worden war. Anfängerfehler.

Irgendwie kotzte ihn alles an. Da hatte er seinen sicheren Beamtenjob hingeworfen, um endlich frei von allen Zwängen zu sein. Und jetzt war er genau wie vorher in die Polizeiermittlungen eingebunden, verdiente aber so gut wie nichts. Das Geld, das Melinda zahlte, reichte gerade mal für die Miete und nur mit Sinas Einkommen und dem Kindergeld kamen sie über die Runden. Zum Glück hatte er einiges gespart, aber das würde auch nicht ewig reichen, zumal Sina noch ein paar Monate in Elternzeit sein würde und er Lars Mühlbauer bezahlen musste. Dazu kam die Reparatur seines Fahrzeuges. Wenn es weiter so schlecht lief, musste er wirklich darüber nachdenken, den Weg nach Canossa anzutreten und mit dem Polizeipräsidenten sprechen. Obwohl – diese Option war hinfällig nach der Verhaftung. Was hatte er sich da nur eingebrockt?

Kommissar Menze wollte Adi unbedingt im Gefängnis sehen, aber der Staatsanwalt hatte seine Zweifel. Es gab einfach keine handfesten Beweise und selbst Adis Besuch im Sana war vielleicht nicht clever, aber auch nicht strafbar.

„Aber der Unfall mit seinem Wagen, das Blut am Fahrzeug, seine Anwesenheit am Tatort, das muss doch reichen."

Rechtsanwalt Heinke schaute den Kommissar an. „Haben Sie eigentlich auch in andere Richtungen ermittelt oder passt das gar nicht in Ihre Planung? Wenn Sie weiter in dieser unkorrekten Art gegen meinen Mandanten vorgehen, werde ich Beschwerde wegen Befangenheit einlegen und dann könnte es sein, dass Sie ein paar unangenehme Fragen beantworten müssen. Wenn wir uns alle einig sind, möchte ich Herrn Hessberger jetzt gerne mitnehmen."

Adi konnte es nicht glauben. Er war wieder auf freiem Fuß. Das hatte er nur Heinke zu verdanken.

„Hessberger, Hessberger, wie schaffen Sie es nur, so von einem Fettnäpfchen ins nächste zu springen? Halten Sie sich bitte ab sofort aus der Sache raus. Wo waren Sie eigentlich gestern? Die Polizei hat Sie vergeblich gesucht."

„Ich glaube, das möchten Sie gar nicht wissen. Immerhin komme ich der Lösung meines Falls immer näher."

„Solange Sie nichts Illegales unternehmen, ist alles in Ordnung." Heinke fixierte Hessberger. „Oder war es am Ende gesetzwidrig? Ich sehe es Ihnen an. Also jetzt raus mit der Sprache, was ist passiert?"

Hessberger fasste die Ereignisse des letzten Tages kurz zusammen, ohne etwas zu beschönigen.

„Sie sind in eine Wohnung eingebrochen und wurden auch noch dabei erwischt. Was ist, wenn man Sie beschreiben kann? Dann folgt die Karriere als Einbrecher."

„Der Stalker wird never ever mit der Polizei sprechen!"

„Gilt das auch für die Frau mit dem Boxer?"

04.05.2023, Wohnung Hessberger

Adi hörte, wie Sina über Lautsprecher mit Melinda telefonierte. „Ja, bei uns geht alles drunter und drüber. Sie hatten Adi schon wieder mitgenommen wegen der Sache mit Pfeiffer. Du weißt doch, der Typ, der uns am Schneckenberg aufgelauert hat."

„Ich kann mich erinnern, das war ein ganz mieser Typ. Ehrlich gesagt tut mir nur Adi leid, der Kerl keinesfalls!"

„Und du wirst es kaum glauben: Adi hat in Aschaffenburg den Aufenthaltsort deines Stalkers entdeckt! Aber ich glaube, das will er dir lieber selbst sagen."

Adi nahm ihr den Hörer aus der Hand und flüsterte Sina ins Ohr: „Du Plaudertasche!"

Adi begann, in der Wohnung umherzulaufen. „Hallo Melinda, so langsam verdiene ich mir das Honorar. Über einige Umwege sind Lars und ich an die Adresse von Sven gelangt. Gestern bin ich heimlich in seine Wohnung eingedrungen. Bei der Durchsuchung habe ich leider keine Hinweise gefunden und dann stand er auf einmal in der Tür. Als er mich gesehen hat, ist er sofort geflüchtet. Ich habe noch versucht, ihn einzuholen, aber er ist mir entwischt."

„Wirst du wieder hinfahren und ihn suchen?"

„Eigentlich müsste ich die Polizei einschalten, aber ehrlich gesagt bin ich froh, wenn ich keinen von denen sehe. Selbst mein Freund Rüdiger Salzmann hat Zweifel an meiner Unschuld in dem Pfeiffer-Fall. So wie es aussieht, werde ich gleich noch mal die Bahn nach Aschaffenburg nehmen. Außer mein Auto ist fertig. Ich halte dich auf dem Laufenden. Ach übrigens, könntest du mir einen Vorschuss überweisen?"

*

Eine Stunde später stand er Alexander Nagel in der Werkstatt gegenüber.

„Hallo Adi, das passt prima, der Wagen ist fertig. Hier ist die Rechnung. Übrigens war die Polizei wieder hier. Sie haben die alten Teile deines Fahrzeugs gesucht. Leider hatte ich die schon zerlegt und entsorgt." Er grinste über das ganze Gesicht.

Adi schüttelte ihm die Hand und wollte noch etwas sagen, aber überlegte es sich dann anders.

Als Hessberger vom Hof fuhr, schaute Alexander ihm lange nach. Er war immer noch der Meinung, das Richtige getan zu haben. Adi hatte garantiert nichts mit der schlimmen Sache zu tun und selbst wenn es so wäre, hatte es dieser Pfeiffer sicher nicht besser verdient. Alexander kannte Pfeiffer: Er war schon zweimal in die Firma gekommen und hatte sich Kostenvoranschläge unterbreiten lassen. Dabei war er sehr unangenehm aufgetreten. Mit den Reparaturangeboten hatte er dann bei seiner Versicherung fiktiv abgerechnet. Auf solche Kunden konnte er wirklich verzichten.

*

Adi machte sich auf den Weg nach Aschaffenburg. Wie immer war auf der A3 einiges los. Nicht weit von der zu observierenden Wohnung fand er einen Parkplatz. Ein paar Hundert Meter weiter sah er einen Bäcker. Dort holte er sich einen Milchkaffee und Laugenbrezeln.

Über Kopfhörer telefonierte er mit Lars, der im Büro saß. „So, ich bin jetzt vor Ort und warte erst mal ab, was passiert."

„Adi, meinst du nicht, es wäre besser, der Polizei einfach die Adresse zu geben und die machen dann den Job?"

„Nein, Lars, ich will diesen Kerl unbedingt erwischen. Außerdem ist Melinda unsere Auftraggeberin. Was macht es denn für einen Eindruck, wenn die Polizei den Stalker schnappt? Wir sind die Detektive, die den Fall lösen sollen.

Am Ende denkt sie, wir wären das Honorar nicht wert, das sie uns bezahlt."

„Das sehe ich ein, aber bring dich bitte nicht in Gefahr. Du musst versuchen, in den Hauseingang zu kommen, und dann unauffällig die Minikamera installieren. Dann wissen wir jederzeit, wann der Stalker die Wohnung betritt oder verlässt. Dann musst du die Wohnung auch nicht mehr observieren."

Eine Stunde später klingelte ein Paketbote. Adi huschte mit ihm hinein. Sofort schaute er sich um. Wo war die beste Position für die Kamera? Er brauchte auf jeden Fall direkte Sicht auf die Haustür. Auf der Fensterbank im Treppenhaus stand eine Pflanze. Unauffällig befestigte er das kleine Wunder der Technik zwischen den Blättern. Adi hatte keine Ahnung, wie das Teil funktionierte, doch Mühlbauer kannte sich perfekt damit aus. Ob alles so reibungslos laufen würde, wie Lars sich das ausgedacht hatte? In diesem Moment rempelte ihn jemand leicht an. Hessberger erstarrte.

Lars Mühlbauer sah das Kamerabild auf seinem Monitor. Ein Mann näherte sich von der Treppe und lief direkt auf Adi zu. „Sie müssen mit der Pflanze sprechen, dann blüht sie auch wieder." Dann verschwand der Paketbote durch den Hauseingang.

„Schwein gehabt!" Ein sichtlich erleichterter Hessberger schaute in die Kamera. „Und, Lars, passt die Einstellung?"

Adi wusste, dass Lars jetzt grinste.

„Perfekt, du kannst wieder verschwinden."

05.05.2023, Büro Hessberger

Auf dem Gelände des alten Schlachthofs war es noch vollkommen ruhig. Adi hatte nicht schlafen können und war schon um 6 Uhr Richtung Büro losgezogen.

Vorher hatte er Fee das Fläschchen gegeben, denn Sina hatte mit dem Abstillen begonnen. Dann kuschelte er noch ein bisschen mit seiner Tochter, wechselte die Windeln und legte die Kleine wieder in ihr Bettchen. Er deckte den Frühstückstisch für Sina und dann ging es direkt an die Arbeit.

Im Büro brannte Licht. Leise öffnete er die Tür und roch auch schon den Duft von frischem Kaffee. Es sah aus, als sei Lars schon seit Stunden produktiv gewesen.

„Na, auch aus dem Bett gefallen, Adi? Bei dir ist es kein Wunder, über vierzig braucht man nicht mehr so viel Schlaf", meinte er grinsend.

Adi ging zur Kaffeemaschine und goss sich eine Tasse ein. „Ich helf dir gleich. Und denk ja nicht, dass ich dir für solche Aktionen hier Überstunden bezahle. Du kannst froh sein, wenn ich dir den erhöhten Stromverbrauch nicht in Rechnung stelle."

Lars schaute von seinem PC auf. „Hast du mitbekommen, dass irgendwelche Verbrecher dein Stadion sprengen wollten?"

„Mach keine Witze, Lars! Bei meinem OFC verstehe ich keinen Spaß und natürlich habe ich es mitbekommen. Gestern gegen 3.30 Uhr haben Unbekannte den Geldautomaten am Bieberer Berg gesprengt. Als der Alarm losging, hat sich die Polizei sofort auf den Weg gemacht, aber vor Ort gab es keine Spur mehr von den Tätern. Zeugen haben wohl ein dunkles Fluchtfahrzeug gesehen. Es ist noch unklar, wie hoch der Sachschaden ist und wie viel Geld entwendet wurde. Aber jetzt kommts: Das komplette Stadion ist bis auf Weiteres gesperrt, ein Statiker muss sich den Schaden ansehen. Wie es aussieht, ist die Austragung des Spiels gegen Steinbach in Gefahr. Das ist echt krass. Wenn wir Fans diese Leute erwischen, dann möchte ich nicht in deren Haut stecken. Ein Angriff auf unser Stadion und unseren OFC!"

Vor lauter Aufregung schlürfte Adi viel zu schnell den heißen Kaffee. Er verzog das Gesicht. „Jetzt habe ich mir auch noch die Zunge verbrannt bei diesem Schreck in der Morgenstunde. Du weißt sicher, dass im Mittelalter der Überbringer schlechter Nachrichten gemeuchelt wurde."

„Hast du nicht eben gesagt, dass du es schon wusstest?"

„Na, dann sage ich mal: Glück gehabt. Aber im Ernst: Ist unser Stalker wieder aufgetaucht?"

„Bisher nicht. Der Vogel scheint ausgeflogen zu sein. Du hast ihn wohl richtig aufgeschreckt. Hoffentlich sucht er sich nicht einen neuen Aufenthaltsort. Dann müssen wir wieder ganz von vorne anfangen."

Bis zum Nachmittag suchten die beiden alle Daten über den Stalker zusammen, die man im Netz finden konnte. Sven Hoberg war 42 Jahre alt, ledig, keine Kinder. Ein Arbeitgeber war im Netz nicht zu finden, dafür war er in mehreren Partnerportalen angemeldet. Diese Information hatte Lars mittels eines kleinen, selbst geschriebenen Programms herausgefunden.

Mehrmals hatte er angesetzt, Adi endlich von seiner Hymne zu erzählen, aber der schien nicht in der richtigen Stimmung zu sein.

06.05.2023, Goerdelerstraße

Nach einem ausgiebigen Frühstück mit seinen Lieben und einer extra Kuschelrunde mit Fee machte sich Adi gegen 12.30 Uhr auf den Weg Richtung Bieberer Berg. Er küsste Sina mehrmals und drehte sich im Gehen noch einmal um. „Und vergiss nicht, ungarische Salami mitzubringen, wenn du nachher einkaufen gehst.“

„Niemals, Schatz – und viel Erfolg beim Spiel.“

Der Statiker hatte zum Glück entschieden, dass das Spiels stattfinden konnte. Hessberger hatte kaum Erwartungen an dieses Match, denn der OFC spielte eine grottenschlechte Saison. Sieben Spiele lang war man sieglos geblieben und wenn es so weiterging, würde der Offenbacher Sturm dieses Jahr für den Friedensnobelpreis nominiert. Es war lange her, dass man eine solche Torflaute erlebt hatte. Steinbach dagegen hatte immer noch theoretische Aufstiegschancen. Adi war ein großer Optimist, wenn es sich um seine Kickers handelte, aber zum Endspurt der Saison ging auch ihm ein bisschen die Puste aus.

Als der OFC sehr offensiv begann, war Adi trotz allem mit Leib und Seele dabei. Er feuerte seine Jungs an und auch für den Schiedsrichter hatte er einige passende Ausdrücke mitgebracht. Es glomm ein kleines Fünkchen Hoffnung auf und nach zwanzig Minuten hätte der OFC durchaus führen können, aber der Ball wollte nicht ins Tor.

Steinbach machte es deutlich besser und schoss in der 22. Minute durch Korte das 0:1. Es fehlten immer noch Torwart Richter sowie der beste Verteidiger Breitenbach. Adi schäumte vor Wut. „Wir machen es denen viel zu leicht, ein Tor zu schießen!“ Dabei schüttelte er seinen Nachbarn, der gar nicht wusste, wie ihm geschah. In der zweiten Hälfte lief Derflinger allein aufs Tor zu, doch in letzter Sekunde wurde er vom ehemaligen OFC-Spieler Firat per Notbremse gefoult. Dem OFC gelang es nicht, die Überzahl zu nutzen. Obwohl Hessberger und der Block 2 die Spieler nach vorne peitschten, köpfte stattdessen der ehemalige Offenbacher Kirchhoff nach einem katastrophalen Torwartfehler das 0:2. Neben Adi schrie ein erboster Fan: „Den hätt mei Oma mim Rollator gefange. Du Flieschefänger!"

Am Ende hatte der OFC Glück, dass Steinbach nicht noch mehr Tore erzielte und sogar einen Elfer vergab. Adi raufte sich die Haare. Es war zum Heulen. Wenigstens konnte es nicht mehr schlimmer kommen. Das dachte er zumindest.

06.05.2023, Buchhügelallee

Sina war mit Fee im REWE einkaufen. Die Kleine schlief friedlich, das liebste Baby der Welt. Nachdem Sina in der Wurstabteilung die ungarische Salami für Adi geholt hatte, stellte sie den Kinderwagen ein paar Sekunden ab, um Brötchen zu holen.

Als sie zurückkam, lag etwas neben Fee, das wie eine Trauerkarte aussah. Auf der Vorderseite war ein Grabstein abgebildet.

Sina schaute sich irritiert um, sah aber niemanden, der sich dem Wagen genähert haben könnte. Sie öffnete die Karte und las den Text. Fast hätte sie sich übergeben, so schlecht wurde ihr.

Sofort rief sie Adi an. Der legte in Rekordzeit die Strecke vom Berg bis in die Wohnung zurück und 20 Minuten später standen sie gemeinsam im Wohnzimmer. Beide waren erschüttert über die handgeschriebene Botschaft.

Ein so liebes Kind, das noch nie etwas Schlimmes erlebt hat. Wenn das so bleiben soll, hören Sie auf, nach mir zu suchen!

Adi schüttelte den Kopf. „Woher weiß der Kerl, dass wir zusammengehören und dass Fee mein beziehungsweise unser Kind ist? Werden wir überwacht, abgehört oder was ist da los?"

„Adi, ich habe Angst. Wenn er unserer Fee etwas antut! Du hast gesehen, wie schnell und unbemerkt er an sie herankommt. Es ist ein Albtraum! Nicht nur Melinda, auch wir und unser Baby stehen im Fokus eines Wahnsinnigen. Eben hast du ihn noch gejagt und jetzt macht er Jagd auf uns!"

*

Adi rief sofort Rüdiger an. Der Ex-Kollege organisierte, dass die Karte im Labor auf Rückstände und Fingerabdrücke untersucht wurde. Vielleicht hatte der Täter eine Spur hinterlassen. Rüdiger war stinksauer, dass Adi die Adresse des Stalkers kannte und nicht an die Polizei weitergegeben hatte. „Du hast dich und deine Familie in größte Gefahr gebracht, weißt du das eigentlich? Die Kollegen geben jetzt gleich eine Fahndung nach Sven Hoberg raus. Hoffentlich erwischen wir ihn, bevor weiteres Unheil geschieht." Dann hatte er grußlos aufgelegt und Adi konnte ihn gut verstehen.

Auch Melinda, die kurz darauf vorbeikam, um Sina beizustehen, war fassungslos. „Adi, ich werde es keinesfalls dulden, dass ihr euch alle wegen meiner Dummheit in Gefahr begebt. Oh Gott, wenn ich mir vorstelle, dass dieses Schwein so dicht an Fee dran war. Es tut mir so leid. Ich werde mir einen anderen Privatdetektiv suchen und euch nicht mehr mit meinen Problemen ..."

Sina unterbrach ihre Freundin. „Auf gar keinen Fall lassen wir dich hängen. Adi wird den Kerl finden, dann ist der Spuk endgültig vorbei."

Adi hatte noch die Nummer des Polizeipsychologen. Nach dem fünften Klingeln war Degenhart am Apparat. „Hessberger hier, entschuldigen Sie, dass ich am Wochenende störe, aber es ist sehr wichtig. Wir haben doch gemeinsam mit Herrn Salzmann über den Stalker gesprochen, und da gibt es noch etwas, das Sie wissen sollten. Meine Frau war mit unserer Tochter einkaufen. In einem unbeachteten Moment hat jemand eine Karte mit diesem Text in den Kinderwagen gelegt." Adi las dem Psychologen die Botschaft vor.

Degenhart wirkte sichtlich geschockt. „Der Täter ist also nicht nur auf Frau Kohler fixiert, sondern auf alle, die ihm in die Quere kommen. Ich befürchte, dass Sie und Ihre Familie sich in höchster Gefahr befinden. Seine Aktion mit der Katze zeigt sein außerordentliches Gewaltpotenzial. Was denken Sie, warum geht der Täter auf einmal so in die Offensive? Gab es einen Auslöser?"

Adi berichtete, was sich in den letzten Tagen zugetragen hatte.

„Sie sind ihm also auf die Pelle gerückt, Herr Hessberger. Und jetzt bedroht er Sie. Das ist ein typisches Verhalten und sehr ernst zu nehmen."

Nachdem sie einige Zeit diskutiert hatten, sprach Degenhart aus, was Adi schon befürchtete. „Sie müssen für Ihre Frau und das Kind eine Polizeiüberwachung organisieren. Frau Kohler sollte selbst entscheiden, ob sie Schutz benötigt. Aufgrund der aktuellen Sachlage vermute ich, dass Sie und Ihre Familie jetzt stärker im Fokus sind als das ursprüngliche Opfer. Sobald der Täter wieder zuschlägt, müssen Sie vorbereitet sein."

Adi nickte, obgleich der Psychologe das gar nicht sehen konnte.

„Und noch was, Herr Hessberger", sagte Degenhart eindringlich. „Sie schweben genauso in Gefahr!"

„Ich kann gut auf mich aufpassen!"

„Ach, können Sie das? Bei dem Angriff auf Sie vor dem Haus der Kohlers schien mir das nicht der Fall zu sein!"

*

„Pack ein paar Sachen zusammen für dich und Fee. Ihr bleibt jetzt erst einmal im Hotel. Dort bekommt ihr Polizeischutz, bis wir den Kerl haben. Die Fahndung ist raus und außerdem werde ich ganz Aschaffenburg abgrasen, bis ich das Schwein finde."

Sina sah ihn erschrocken an. „Ich will aber hier nicht weg, Adi. Ich habe doch dich, einen besseren Schutz kann es gar nicht geben."

„Nein, Sina, ich muss diesen Kerl fangen und ab jetzt werde ich nicht zulassen, dass ihr auch nur eine Minute ohne Bewachung bleibt. Hier geht es um euch, um meine Familie, und jetzt ist endgültig Schluss mit lustig. Es gibt nur noch ein Ziel: den Stalker zu eliminieren."

„Eliminieren? Du willst ihn erledigen?"

„Wenn es sein muss, auch das. Wer meine Familie in Gefahr bringt, muss mit den Folgen leben. Vielleicht kannst du Melinda überzeugen, mit ins Hotel zu kommen. Es wäre das Beste für sie und du hättest auch ein bisschen Ablenkung."

*

LA LE LU, BITTE LASS MICH DOCH IN RUH.
ICH BIN TRAURIG UND MÜDE,
DOCH KEINER HÖRT MIR ZU ...

*

Die Versuche, Melinda Kohler davon zu überzeugen, mit Sina ins Hotel zu ziehen, waren erfolglos. Sie weigerte sich strikt, ihr Haus zu verlassen.

Früher hatte die Polizei über sichere Wohnungen für gefährdete Personen verfügt, aber das gehörte der Vergangenheit an. Jetzt erfolgte die vorübergehende Einquartierung im Achat-Hotel in unmittelbarer Nähe von Adis Büro. Im Schichtbetrieb bewachten Polizisten Hessbergers Familie. Tagsüber stand ein Beamter vor der Tür, nachts blieb er mit im Zimmer. Damit es genug Freiraum gab, wurde eine Suite mit mehreren Zimmern belegt. So konnte auch Melinda jederzeit einziehen, falls sie es sich anders überlegte.

Adi zog es vor, weiterhin zu Hause zu bleiben. Das hatte folgenden Grund: Er wollte die Aufmerksamkeit auf sich ziehen. Da der Stalker sicher nicht mitbekommen hatte, dass Sina und Fee inzwischen im Hotel wohnten, vermutete er die beiden immer noch in der Wohnung. Wenn er also tatsächlich zuschlug, dann dort.

„Ich würde auch davon absehen, die beiden im Hotel zu besuchen“, riet ihm Rüdiger. „Falls der Stalker dich beschattet, kennt er sofort den neuen Aufenthaltsort von Sina und Fee.“

Adi schnaubte empört. „Das ist wohl nicht dein Ernst. Ich kann doch jetzt nicht einfach in Trennung von meiner Familie leben.“

„Es sind höchstens ein paar Tage, dann haben wir das Schwein! Das wirst du wohl aushalten.“

Sina war der gleichen Meinung wie Rüdiger. Adi hatte sie nach dem Gespräch gleich angerufen. „Er hat recht! Das Wichtigste ist jetzt, dass du dich vollkommen auf deine Arbeit konzentrierst. Umso eher erwischst du ihn. Und dann sind wir schneller aus dem Hotel draußen, als du gucken kannst. Dicker Kuss und gute Nacht."

Was für eine Frau, dachte Adi. Er hatte das Glück, eine tolle Familie zu haben, und die würde er verteidigen, bis zum Äußersten!

07.05.2023, Aschaffenburg

Adi war früh am Sonntagvormittag losgefahren, um nach Sven Hoberg zu suchen. Bisher war dieser, wie sie durch die Überwachungskamera wussten, nicht wieder in seiner Wohnung aufgetaucht. Hessberger klapperte verschiedene Cafés und Kneipen ab, dort sah er die größte Chance, den Stalker zu finden. Vorausgesetzt, er war noch in der Stadt. Wenn er sich jetzt in Offenbach aufhielt, um seine perfiden Pläne zu verfolgen, konnte Adi hier lange suchen. Er hatte sich eines der Fahndungsfotos von Rüdiger geben lassen. Das zeigte er überall herum, aber bis jetzt kannte niemand den Mann oder wollte ihn niemand kennen.

In einer Metal-Kneipe mit lauter Skeletten an der Wand hatte Adi auf einmal das untrügliche Gefühl, von seinem Gegenüber belogen zu werden. „Nein, den habe ich noch nie gesehen."

„Sie haben sich das Bild überhaupt nicht richtig angesehen. Schauen Sie noch mal genau hin."

„Bist du ein Bulle?"

„Nein, ich bin Privatdetektiv und suche Herrn Hoberg."

„Was soll Sven denn angestellt haben?"

„Ich habe nie gesagt, dass der Gesuchte Sven heißt", konterte Hessberger. „Also raus mit der Sprache, was weißt du?"

Auf einmal schaute ihn der Typ überheblich lächelnd an. In diesem Moment wusste Adi, dass etwas nicht stimmte. Er schaute über die Schulter und sah, dass sich mehrere Gäste bedrohlich näherten.

„Macht er Ärger, der Bulle?" Einer der Männer stand jetzt dicht hinter Adi.

„Das ist ein Privatdetektiv."

„Bulle oder Schnüffler, ich kann beide nicht ausstehen. Dann zeigen wir dir mal, was mit Leuten passiert, die uns auf die Nerven gehen."

*

In der Nähe des Sportplatzes Gemaa Tempelsee gab es eine große Freifläche, die einige Zeit vorher vom Circus Roncalli genutzt worden war. Dort stand ein einsamer Lkw. Willy Mengler hasste die überfüllten Rastplätze. Durch Zufall hatte er diesen Platz gefunden, hier wollte er fernab vom Trubel seine gesetzlich vorgeschriebene Ruhezeit verbringen. An der Aral-Tankstelle in der Bieberer Straße hatte er sich mit Bier und ein paar einschlägigen Magazinen versorgt. Sein Minigrill glühte und er hatte zwei Rindswürste am Start. In diesem Augenblick hörte er eine Stimme.

„Ist bei dir alles so groß wie deine Würste?"

Willy war baff. Eine blonde, attraktive Frau stand vor ihm. Das war aber wirklich sein Glückstag. Erst der großartige Parkplatz und jetzt auch noch diese Frau. Wahrscheinlich war sie eine Nutte, aber das störte ihn gar nicht und die Würstchen konnte man auch noch kalt essen.

„Na, was ist, magst du zuerst den Nachtisch?"

Willys Blick war Antwort genug. Er half der geheimnisvollen Fremden in den Truck. Die Frau war echt der Hammer. Ohne lange rumzumachen, begann sie sich auszuziehen.

„50 Mäuse, dann kannst du mit diesem Körper machen, was du willst." Sie schaute ihn unter schweren Augenlidern an und lächelte.

Er schluckte und nickte nur, dann holte er den Schein aus dem Geldbeutel. Als er sie ansah, dachte er nur: Ich bin im Himmel.

Und es dauerte nicht lange, dann sollte er tatsächlich an die Himmelspforte klopfen …

*

Die Situation gestaltete sich für Adi immer bedrohlicher. Leider sahen die Jungs nicht aus, als würden sie Spaß verstehen. Verzweifelt versuchte er, sich ein wenig zurückzuziehen, um die Wand im Rücken zu haben.

Da ertönte plötzlich eine Stimme. „Geht nach draußen, ich habe keine Lust, dass ihr Kleinholz aus der Kneipe macht!"

Der Mob schob Hessberger aus der Tür. Diese Gelegenheit nutzte Adi und schlug dem am nächsten Stehenden die Faust ins Gesicht. Dann warf er sich gegen ihn. Der Mann fiel rückwärts gegen seine Kumpane und im Türrahmen kam die Menge ins Stocken. Adi schlug noch zweimal in die nächstbesten Gesichter und donnerte einem der Männer die Tür gegen den Schädel. Dann rannte er los, ohne sich noch mal umzusehen. Er lief, so schnell er konnte. Wenn die Kerle ihn erwischten, gäbe es ein böses Erwachen. An seiner Kondition musste er auf jeden Fall arbeiten. Schon nach einigen hundert Metern pumpte er wie ein Maikäfer.

*

Es herrschte eine friedliche Stille. Der Lkw stand mitten im Grünen und davor stand ein kleiner Grill, dessen Kohle noch leicht glühte. Die Würstchen würde niemand mehr essen können, sie lagen verkohlt auf dem Rost.

Eine blonde Frau schloss die Beifahrertür und richtete kurz ihre Bluse. Sie warf noch einen letzten Blick auf den Lkw und wenn man genau hinhörte, konnte man ein leises Summen vernehmen.

*

Noch immer hörte Adi seine Verfolger, wenn auch allmählich aus größerer Entfernung. Seine Lunge drohte zu platzen und sein Gesicht war vor Anstrengung tiefrot angelaufen. Er versteckte sich hinter einer Hecke, um zu verschnaufen. Kurz überlegte er, per Handy um Hilfe zu rufen, aber diesen Gedanken verwarf er sofort. Erst einmal musste er diese Schlägertruppe loswerden. Dann konnte er die Polizei informieren. Die Kerle mussten unbedingt verhört werden. Wie es schien, waren sie Freunde von Sven Hoberg.

Nach einer Weile wagte er sich aus seiner Deckung und lief in die nächste Seitenstraße. Vielleicht gab es ein Restaurant, in das er vorübergehend flüchten konnte.

Eine bösartige Stimme holte ihn aus seinen Gedanken zurück. „Na, wen haben wir denn da?"

Diesmal gab es kein Entkommen. Es waren zehn Kerle, die ihn eingekreist hatten. Seine Arme wurden nach hinten gerissen und während ein paar der Männer ihn packten und festhielten, prügelten die anderen abwechselnd auf ihn ein. Die Jungs wussten, wie sie jemandem wehtun konnten. Schmerz durchflutete seinen ganzen Körper. Kurz bevor er ohnmächtig zu werden drohte, machten sie eine Pause und fingen dann wieder von vorne an. Der nächste Schlag, der ihn am Kopf traf, fühlte sich an wie ein Blitzschlag. Auf einmal wurde es dunkel um ihn.

*

Die Stimme drang nur langsam zu ihm vor. „Können Sie mich hören?" Der Notarzt hatte sich über Hessberger gebeugt. Zu seinem Kollegen gewandt meinte er: „Den haben sie böse zugerichtet. Da haben wir einiges zu nähen."

Langsam schlug Adi die Augen auf. Also zumindest das eine, denn sein zweites Auge war komplett zugeschwollen.

„Wo bin ich?" Er hatte das Gefühl, ein totes Tier im Mund zu haben. Seine Zunge war pelzig und er hatte Mühe zu sprechen.

„Sie befinden sich in Aschaffenburg, in der Nähe der Innenstadt. Wir bringen Sie jetzt in die Klinik."

„Polizei ..., Sie müssen die Polizei informieren."

„Zuerst einmal müssen wir Sie untersuchen. Ich tippe mal, dass auch ein paar gebrochene Rippen dabei sind. Wie fühlen Sie sich?"

Adi bewegte langsam den Kopf und einige Gliedmaßen. „Mein Körper fühlt sich an, als wäre eine Ponyherde über mich gelaufen."

„Ehrlich gesagt sehen Sie auch so aus. Aber jetzt bekommen Sie etwas gegen die Schmerzen und dann geht es ein bisschen besser."

08.05.2023, Klinikum Aschaffenburg-Alzenau, Standort Aschaffenburg

Die Stimmen klangen etwas verschwommen. „Zwei Rippen sind gebrochen, eine angeknackst. Die Platzwunden an Hinterkopf, Lippe, rechter Augenbraue und am linken Ohr mussten jeweils mit mehreren Stichen genäht werden. Zusätzlich hat Herr Hessberger eine Gehirnerschütterung und ansonsten noch diverse Hämatome, Prellungen und Schürfwunden. Das dürfte es in etwa gewesen sein."

„Vielen Dank, Herr Doktor", hörte er die vertraute Stimme von Rüdiger Salzmann. „Wann darf er denn die Klinik verlassen?"

„Frühestens am nächsten Wochenende, eher ein paar Tage später."

Salzmann setzte sich zu seinem Freund ans Bett. „Was machst du denn für Dinger? Wir haben uns Sorgen gemacht. Die Klinik hat bei euch zu Hause angerufen und da war natürlich niemand. Zum Glück haben die von der Polizei in Aschaffenburg geschaltet. Die haben unsere Kollegen im Polizeipräsidium informiert und dann habe ich die Nachricht erhalten. Gestern habe ich mich dann gleich nach dir erkundigt. So konnte ich Sina zumindest mitteilen, dass du am Leben bist. Die Arme hat mehrfach probiert, dich zu erreichen. Aber erzähl mal, was genau passiert ist."

Adi versuchte, die Ereignisse so gut wie möglich zu beschreiben. „Diese Schläger kannten unseren Stalker und als ich seinen Namen genannt habe, ging der Schlamassel los. Du musst sofort Beamte da hinschicken, um die Kerle zu vernehmen."

„Das macht keinen Sinn, montags vormittags sind die meisten Kneipen noch zu. Außerdem werden die Kerle, die dich zusammengeschlagen haben, sicher nicht so dumm sein und heute wieder dorthin gehen."

„Da hast du recht, aber trotzdem sollten wir es versuchen."

„Keine Angst, Adi, ich werde heute Abend mit Unterstützung der Aschaffenburger Kollegen der Kneipe einen Besuch abstatten. Vielleicht können wir dem Wirt ein paar Geheimnisse entlocken. Wenn wir ihm drohen, dass er richtig Ärger wegen unterlassener Hilfeleistung bekommt, wird er vielleicht gesprächig."

„Wo bin ich hier eigentlich gelandet, Rüdiger?"

„In Aschebersch, und ganz genau am Hasenkopf 1."

„Danke für deinen Besuch und halte mich auf dem Laufenden. Hättest du einen Platz für mich im Auto frei? Dann könnte ich mit dir zurückfahren."

Rüdiger schnaubte. „Scheinbar hat dein Gehirn größeren Schaden genommen als gedacht. Du bleibst hier liegen, bis der Arzt sagt, dass du entlassen wirst. Außerdem bleibe ich wegen des Verhörs bis heute Abend vor Ort. Jetzt ruf erst mal Sina an und danach schone dich ein bisschen. Ach, in der Tüte im Schrank sind dein Waschbeutel und frische Sachen."

*

Salzmann hatte die Klinik gerade verlassen, als sein Handy klingelte. Es war das Präsidium.

„So ein Mist“, murmelte er vor sich hin, als er auflegte. Der Anruf hatte seine Pläne komplett über den Haufen geworfen. Er stieg in seinen Wagen und fuhr Richtung Offenbach. Fünfzig Minuten später stand er in der Oberen Grenzstraße. Mehrere Kollegen sowie die Spurensicherung waren schon vor Ort.

Sein Kollege Bernd Helmschrot lief ihm entgegen. „Hallo Rüdiger, wir haben hier einen toten Lkw-Fahrer, Willy Mengler. Er wurde in seinem Truck erstochen aufgefunden. Zwar war er nackt, doch laut Spurensicherung haben wir bisher keine Spermaspuren gefunden. Jemand hat in seinem Unterleib mit dem Messer ein richtiges Schlachtfest zelebriert. Da wurde es mir ganz anders. Einer Mutter kam der Lkw verdächtig vor, weil er schon am Vorabend hier stand. Als sie jetzt ihr Kind in die Kita gebracht hat, informierte sie die Polizei. Ansonsten haben wir keine Zeugen für den Vorfall. Das ist inzwischen der dritte Mord an einem Lkw-Fahrer seit 2019. Wenn wir die alten Fälle von 2015 und 2016 dazurechnen, sind es sogar fünf! Beim letzten Mal am Nassen Dreieck wurde doch eine blonde Frau in der Nähe des Tatorts gesehen. Wir haben es hier offenbar mit einer Serienmörderin zu tun, Rüdiger.“

„Vielleicht haben wir es hier wirklich mit einem so seltenen Phänomen zu tun. Allerdings fehlt mir noch der rote Faden. Warum ermordet jemand Lkw-Fahrer? Welche Beziehung haben die Fahrer zueinander? Kennen sie sich vielleicht? Warum gibt es bei fünf Morden keine Zeugen? Wir müssen noch mal mit den Hinterbliebenen sprechen. Wir brauchen irgendetwas, um die losen Enden der Fälle zu verknüpfen. Die ersten Morde fanden 2015 und 2016 statt, dann gab es eine Pause bis 2019 und jetzt in diesem Jahr schon zwei Fälle. Ich hoffe nicht, dass es in diesem Tempo weitergeht. Wir dürfen die Fahrerfluchten mit Todesfolge nicht außer Acht lassen, auch wenn es da erst mal keine Verbindung zu den Lkw-Morden gibt. Auch da haben wir mit Peter Raeder und Jürgen Kohler, dem Mann von Melinda Kohler, zwei Tote. Und es gibt den Kollegen Pfeiffer, der noch im Koma liegt. Die Morde am Flughafen spielen in unseren Fällen wohl keine Rolle. Das habe ich zwar zuerst vermutet, aber Adi Hessberger hat von Anfang an gesagt, das wäre zu weit hergeholt."

„Was macht eigentlich der Stalker von Frau Kohler? Gibt es schon Ergebnisse unserer Fahndung?"

„Immerhin kennen wir Namen und Adresse des Mannes. Später muss ich wieder zurück nach Aschaffenburg, um an einem Verhör in einer Kneipe teilzunehmen. Man hat dort Adi Hessberger brutal zusammengeschlagen. Jetzt liegt er im Krankenhaus."

„Den hat es ja knüppeldick erwischt."

„Wem sagst du das! Ich mach mir echt Sorgen um ihn!"

*

Die Schwester kam mit der neuen Infusion an Adis Bett. „Na, wie geht es Ihnen heute? Unsere Spätschicht hatte tüchtig zu tun mit Ihren vielen Blessuren. Aber in ein paar Wochen wird man außer ein paar kleinen Narben nichts mehr sehen. Ich werde Ihnen jetzt den OP-Kittel ausziehen und einen Druckverband für den Oberkörper anlegen. Das lindert ein wenig die Schmerzen beim Husten."

Adi lächelte sie an. „Vielen Dank. Mit dem Verband kann doch eigentlich nichts mehr passieren, da könnte ich mich doch auch zu Hause auskurieren."

„Der Oberarzt hat mich schon gewarnt, dass Sie keine Sekunde länger als nötig hier verbringen wollen, aber ein paar Tage müssen Sie schon hierbleiben. Sie sollten mal in den Spiegel schauen, vielleicht ändern Sie dann Ihre Meinung. Außerdem scheint es draußen gefährlich für Sie zu sein, bei mir dagegen sind Sie sicher", sagte sie mit einem schelmischen Lächeln.

Als die Schwester ging, nahm er sein Handy und rief Sina an.

„Adi, mein Gott, wie geht es dir? Ich hab mir solche Sorgen um dich gemacht."

„Mir geht's ganz gut, ich muss mich nur noch ein wenig ausruhen, dann komme ich wieder zurück."

„Du bist der schlechteste Lügner, den ich kenne. Rüdiger hat mir geschildert, was der Arzt gesagt hat. Du hättest tot sein können."

„Ich konnte ja nicht ahnen, dass diese Schlägertruppe Freunde unseres Stalkers sind. Aber jetzt haben wir eine heiße Spur und Rüdiger will sich den Kneipenwirt vornehmen. Vielleicht hat die Sache schon bald ein Ende. Ich vermisse dich, mein Schatz, und natürlich auch unseren kleinen Sonnenschein. Habt ihr im Achat alles, was ihr braucht?"

„Rundum-Service und den ganzen Tag lesen und Serien schauen, mehr kann man nicht verlangen. Aber es ist sehr einsam ohne dich."

Als Adi auflegte, war er erleichtert. Sina hatte ganz gut geklungen und so konnte er auf etwas Ruhe hoffen.

08.05.2023 gegen 20.00 Uhr, Aschaffenburg

Als Rüdiger Salzmann die Skelette an den Wänden sah, hatte er auf einmal ein komisches Gefühl. Die Aschaffenburger Kollegen hatten den Kneipenwirt zwischen sich an einen Tisch im hinteren Bereich gesetzt.

„So, Kollege Salzmann, jetzt können Sie Ihre Fragen stellen."

Der Wirt machte ein verkniffenes Gesicht und schien nicht besonders kooperativ sein zu wollen.

„Ich will es kurz machen", begann Salzmann. „Wenn Sie nicht bereit sind, uns zu helfen, werden die Kollegen Sie mit aufs Revier nehmen. Wir überlegen, Sie wegen unterlassener Hilfeleistung und Anstiftung zu schwerer Körperverletzung dranzukriegen, und falls das Opfer nicht überlebt, sieht es noch übler für Sie aus. Am besten, Sie hängen schon mal ein Schild an die Tür: bis auf Weiteres geschlossen."

„Das können Sie nicht machen", protestierte er und schaute hilfesuchend die anderen Polizisten an.

„Doch, das können wir, und jetzt wird es Zeit zu beichten. Wo können wir Sven Hoberg finden?"

„Und wenn ich Ihnen alles sage, was ich weiß, dann verschwinden Sie?"

Salzmann nickte.

„Sven hat immer ein paar Sachen mit Frauen laufen. Die sind alle scharf auf ihn. Aktuell ist er mit einer Studentin zusammen."

Nachdem sie die Adresse erfahren hatten, machten sich Rüdiger und zwei Aschaffenburger Polizisten auf den Weg.

Es waren nur ein paar Minuten zu Fuß. Sie klingelten bei Stephanie Kaufmann. Eine sehr hübsche junge Frau öffnete ihnen die Tür.

Salzmann zeigte seinen Ausweis. „Wir suchen Sven Hoberg, ist er da?"

„Nein, er ist noch mit seinen Jungs unterwegs und da kann es später werden."

„Dürfen wir uns mal bei Ihnen umsehen?"

„Haben Sie einen Durchsuchungsbeschluss? Falls nicht, bitte ich Sie, jetzt wieder zu gehen." Und damit wurde die Tür geräuschvoll geschlossen.

„Mist, wir müssen die Wohnung überwachen", meinte Salzmann.

Die Beamten schüttelten den Kopf. „Das müssen Sie mit unserer Dienststelle abstimmen. Wir hatten nur den Auftrag, Sie in die Kneipe zu begleiten. Der Versuch, den Mann hier zu finden, geht schon auf unsere eigene Kappe. Also reden Sie einfach mit unserem Dienststellenleiter. Viel Erfolg noch."

Salzmann hatte etwas Ähnliches erwartet, aber jetzt musste er überlegen, ob es sinnvoll war, die Überwachung allein durchzuführen. Da er schon mal vor Ort war, entschloss er sich, gleich hierzubleiben.

Nach einer Weile hörte er laute Stimmen. Es klang, als ob sich eine größere Gruppe näherte.

Salzmann zog sich ein wenig zurück, als er die Männer erblickte. Ob es dieselben waren, die Adi zusammengeschlagen hatten? Auf jeden Fall waren es viele. Sie kamen direkt auf ihn zu, das spärliche Gebüsch konnte ihn nicht länger verbergen. Er huschte zwischen den parkenden Autos hindurch, als er eine unangenehme Stimme vernahm. „Da beobachtet uns einer. Den schnappen wir uns.“

Und schon hatte der Schlägertrupp ihn eingekreist …

*

Die Krankenschwester schaute beim späten Rundgang noch mal nach ihren Patienten. In Hessbergers Zimmer brannte kein Licht. Die Schwester sah ihn auch nicht im Bett liegen. Sie klopfte an die Badtür. „Sind Sie da?“ Als niemand antwortete, öffnete sie die Tür. Das Bad war leer, genauso wie der Schrank. Hessberger war verschwunden.

*

Rüdiger hatte sofort die Bilder seines verprügelten Freundes vor Augen. So weit wollte er es keinesfalls kommen lassen.

„Polizei, ich möchte nur mit Herrn Hoberg sprechen, die anderen können einfach weitergehen.“

„Was machst du, wenn wir nicht wollen, dass du mit unserem Freund sprichst? Willst du es mit uns allen aufnehmen?“, rief einer aus der Gruppe.

„Solltet ihr mich angreifen, werde ich von meiner Dienstwaffe Gebrauch machen.“

Der Typ schnaubte höhnisch. „Der Bulle will uns abknallen. Habt ihr das gehört? Wir rennen jetzt alle gleichzeitig auf ihn zu und dann wollen wir mal sehen, ob er sich traut zu schießen.“

Die Situation wurde immer brenzliger. Natürlich hatte er nicht vor, zu schießen. Allerdings wollte er sich von dem Mob auch nicht umbringen lassen. Er zog die Dienstpistole und schoss einmal in die Luft. „Die nächste Kugel landet in deiner Kniescheibe", schrie er dem am nächsten stehenden Mann zu.

Doch in den Augen der Männer glitzerte Angriffslust, sie stürzten sich auf Rüdiger Salzmann. Er bekam einen fürchterlichen Schlag gegen die Schulter, doch dann schlug er mit der Pistole zu und der erste Angreifer brach zusammen. Die nachfolgenden Schläger fielen über den Besinnungslosen und diesen Augenblick nutzte Salzmann, um sich aus der Falle zu winden. Er hatte das große Glück, etwas fitter zu sein als sein Freund Adi, und so hatte er die Meute nach einem intensiven Sprint um mehrere Meter abgehängt. Er rannte so lange, bis er vollkommen außer Atem war, erst dann gönnte er sich eine kleine Pause. Die Polizei zu rufen, hatte keinen Sinn, denn die Schlägertruppe würde bestimmt nicht auf die Beamten warten. Rüdiger beschloss, einige Zeit in irgendeinem Lokal unterzutauchen und dann noch mal zu Hobergs Freundin zu gehen. Damit rechnete der Stalker wahrscheinlich nicht.

Nachdem er sich bei einem Kaffee ausgeruht hatte, ging er zurück zur Wohnung. Es war inzwischen 22.30 Uhr und so langsam musste er dem langen Tag Tribut zollen. Ohne den Adrenalinschock durch die Gang und das starke Heißgetränk wären ihm wahrscheinlich schon die Augen zugefallen. Diesmal wartete er an einer dunklen Hausecke auf der anderen Straßenseite, ein guter Platz, um unauffällig die Eingangstür des Hauses beobachten zu können. Plötzlich stand jemand hinter ihm und legte die Hand auf seine Schulter …

*

Adi hatte sich einfach aus dem Staub gemacht. Er musste unbedingt etwas tun. Der Gedanke, dass seine Familie in Gefahr war und er nutzlos herumlag, war für ihn unerträglich. In der Klinik hatte er sich am Nachmittag Schmerztabletten geben lassen, die er jetzt ohne Wasser runterschluckte. Es gab keine Stelle an seinem Körper, die nicht schmerzte, und selbst die Tabletten verschafften ihm nur wenig Linderung. Er bezahlte den Taxifahrer und holte sich an einem Kiosk Traubenzucker sowie eine eiskalte Cola. Das Koffein belebte ihn sofort. Er hatte sich eine Straße weiter absetzen lassen, um nicht aufzufallen. So leise er konnte, bewegte er sich auf das Ziel zu. Da sah er ihn stehen.

Als er ihm die Hand auf die Schulter legte, zuckte Rüdiger Salzmann erschrocken zusammen. „Adi, du hast mich vielleicht erschreckt. Was machst du hier? Warum bist du nicht auf der Krankenstation?"

„Du weißt doch, wie mich das Rumliegen nervt. Also habe ich deinen Kollegen angerufen und nachdem ich ihm die Lage geschildert hatte, bekam ich die Adresse von Hobergs Freundin. Hier bin ich."

Rüdiger schaute seinen Freund, auf den der Schein einer Straßenlaterne fiel, lange an. „Du siehst echt scheiße aus, weißt du das?"

„Jetzt ja! Aber erzähl mir lieber, wie es bisher gelaufen ist – und wo sind die Aschaffenburger Kollegen?"

Salzmann berichtete kurz über den suboptimalen Verlauf.

„Hättest du ihm echt ins Knie geschossen?"

„Nein, Adi, nur wenn es gar nicht anders gegangen wäre. Allerdings waren die Kerle überhaupt nicht beeindruckt von meiner Drohung."

„Hast du etwas dagegen, dass wir zusammen auf Hoberg warten? Ich habe das dumpfe Gefühl, der Kerl taucht hier auf."

„Nur wenn du keine Dummheiten machst, falls wir ihn erwischen. Ich würde ihn gerne in einem Stück nach Offenbach bringen."

Die Geduld der beiden wurde auf eine harte Probe gestellt. Etwa zwei Stunden später näherte sich ein Mann dem Hauseingang. Die Kapuze seines Hoodies verbarg sein Gesicht.

Rüdiger zog seine Waffe und trat von hinten an ihn heran. „Hände hoch, Sie sind verhaftet", herrschte er ihn an.

Hoberg zögerte nicht und rannte sofort los. Da sprang Adi zwischen zwei parkenden Autos hervor und stellte ihm ein Bein. Der Flüchtende fiel darüber und blieb am Boden liegen. Fluchend hielt er sein rechtes Knie. „Scheißbulle!"

Da kam Rüdiger schon mit den Handschellen. Adi grinste ihn an. „Leider ist er gestürzt, aber das wird sein kleinstes Problem sein, wenn ich ihn in die Mangel nehme."

„Du wirst gar nichts unternehmen, du darfst noch nicht mal beim Verhör dabei sein. Das ist ab jetzt Polizeisache." Adi sah ihn wütend an. „Er hat meine Familie bedroht und jetzt soll ich tatenlos rumsitzen?"

09.05.2023, Wohnung Hessberger

Gleich am Morgen fuhr Adi zu Sina und Fee ins Achat-Hotel. Er umarmte Sina mit den Worten: „Es ist vorbei. Wir haben das Schwein gestern Nacht festgenommen und jetzt sitzt er im Polizeipräsidium."

„Gott sei Dank, Adi. Ich konnte vor Angst um Fee schon nicht mehr schlafen."

„Und was ist mit mir? Hattest du keine Angst, dass mir etwas passiert?“

„Du Idiot, natürlich habe ich mir Sorgen gemacht. Vor allem, weil du einfach aus dem Krankenhaus getürmt bist. Jetzt werde ich dich pflegen und du wirst die nächsten Tage auf der Couch oder im Bett verbringen. Da gibt es keine Widerrede.“

Adi wusste, wann der Zeitpunkt gekommen war, einfach nachzugeben, und wenn er es nüchtern betrachtete, schrie sein Körper nach einer Ruhepause. Ein Teil seiner Arbeit war erledigt. Der Stalker befand sich in Polizeigewahrsam, seinen Beitrag als Detektiv hatte er erledigt und jetzt konnte er auch die Schlussabrechnung mit Melinda vornehmen. Blieb nur noch der unbewiesene Verdacht wegen der Sache mit Pfeiffer. Und die ungeklärten Morde, aber die waren eigentlich Rüdigers Sache. Auf jeden Fall ein perfekter Zeitpunkt, um sich etwas zurückzunehmen.

12.05.2023, Wohnung Hessberger

Es war Nachmittag, als Adi immer noch in der Jogginghose auf der Couch lag. Er genoss es einfach, nichts zu tun. Der aktuelle Fall stand kurz vor dem Abschluss, der Täter musste nur noch gestehen, und die Büroarbeiten waren bei Lars in besten Händen.

Sina war die beste Pflegerin, die man sich vorstellen konnte, und die hübscheste dazu. Bis auf die gebrochenen Rippen fühlte er sich schon wieder gut.

Ein Handyklingeln lenkte ihn von seinen Gedanken ab. Das Display zeigte Rüdigers Namen.

„Adi, es ist nicht zu fassen, aber eben haben sie Hoberg freigelassen. Er hat kein einziges Wort gesagt bei seiner Vernehmung. Man kann ihm leider nichts Konkretes nachweisen. Es gibt keinen Anhaltspunkt, dass er in Melindas Haus war, und auch sonst bewegen sich die Anschuldigungen auf dünnem Eis."

„Das kann doch nicht wahr sein! Jetzt habt ihr den Kerl endlich in der Mangel und dann lasst ihr ihn wieder laufen. Ich wünschte, ich hätte ihn verhören können. Er hätte garantiert geredet. Was machen wir jetzt?"

„Wir müssen Beweise finden. Zumal auch Melinda ängstlich reagiert hat. Es waren kaum vernünftige Worte aus ihr herauszubekommen. Als ich ihr dann mitgeteilt habe, dass er wieder auf freien Fuß kommt, war sie vollends verstört."

„Kein Wunder, nach dem, was sie alles mitgemacht hat."

Sina erging es ähnlich. Sie konnte nicht fassen, dass der Kerl wieder frei war. „Jetzt fängt alles von vorne an. Müssen wir wieder ins Hotel, Adi?"

„Nein, ab jetzt werden Lars und ich auf euch aufpassen und wir werden euch keine Sekunde allein lassen."

„Wenn du auf mich aufpasst, fühle ich mich sicher – und die hab ich schließlich auch noch", erwiderte sie und holte ihre Waffe hervor. „Aber jetzt mach ich uns auf den Schreck erst mal einen Milchkaffee, was meinst du?"

„Ich könnte ein Bier vertragen, trinkst du eins mit?"

Sie tranken zwei eiskalte Kloster Andechs Hell und hingen dabei beide ihren Gedanken nach. Anschließend unternahmen sie mit Fee einen Spaziergang. Die frische Luft tat ihnen gut und sie überlegten, wie sie den Stalker dazu bringen konnten, zu gestehen.

„Ich glaube, mit normalen Polizeimethoden wird es schwer, die Wahrheit zu erfahren, aber du bist kein Polizist mehr, Adi!“

Wieder zu Hause angekommen, schaute Sina nach der Post. Im Briefkasten steckte zwischen der Werbung und einigen Rechnungen ein weißer Briefumschlag.

Sina hielt den Zettel zitternd in der Hand. Adi kam zu ihr. „Du bist ja leichenblass. Was ist passiert?“

„Hier, lies selbst!“

Adi riss ihr den Zettel förmlich aus der Hand.

Das ist meine letzte Warnung. *Noch ist Ihrem Kind nichts passiert, aber wenn Sie weiter nach mir fahnden, wird das kleine Mädchen leiden müssen.*

„Ich bring ihn um, wenn er unserem Kind etwas antut! Mensch, Adi, ich wollte, du hättest diesen Fall niemals angenommen. Wir müssen sofort Rüdiger anrufen, die müssen Hoberg wieder einsperren.“

Zwanzig Minuten später traf Rüdiger ein. Er sah sich den Brief an und schüttelte fassungslos den Kopf. „Dieser Mistkerl! Unser Problem ist nur, wir haben keine handfesten Beweise. Der gegnerische Rechtsanwalt wird behaupten, dass jeder den Brief hätte schreiben können. Vielleicht gibt es einen Augenzeugen, der gesehen hat, wie Hoberg den Brief eingeworfen hat. Ich werde das Dokument gleich auf Fingerabdrücke untersuchen lassen. Wenn seine nachweisbar sind, haben wir ihn. So lange müssen wir abwarten und ich bitte euch beide inständig, bis dahin nichts Unüberlegtes zu tun. Kann ich mich auf euch verlassen?“

Adi schaute ihn grimmig an. „Gut, wir warten das Ergebnis aus dem Labor ab. Danach kann ich dir nichts versprechen."

13.05.2023, Büro Hessberger

Sie hatten sich im Büro versammelt. Lars, Sina und Adi schauten auf die Projektionswand, während Fee friedlich in ihrem Wagen schlief. Sina und Adi schmeckte nicht mal der Kaffee, so sehr war ihnen das Ganze auf den Magen geschlagen. Sie wollten unbedingt etwas tun, denn nur auf das Ergebnis aus dem Labor zu warten, reichte ihnen nicht.

Lars hatte digital auf einer Karte folgende Standorte markiert: die Wohnung von Sven Hoberg, die seiner Freundin und die Kneipe, in der seine Freunde sich aufgehalten hatten. „Das sind die Orte, an denen die Chance am größten ist, Hoberg zu finden. Wir sind zufällig zu dritt, das passt schon mal."

Adi schüttelte den Kopf. „Leider funktioniert das nicht, Lars. Einer von uns muss auf Fee aufpassen. Deswegen möchte ich dir diese große Verantwortung übertragen."

„Du glaubst wohl, ein Rollifahrer taugt nicht für den Außendienst?"

Hessberger schaute seinem Freund intensiv in die Augen. „Es gibt kaum jemand, dem ich das Leben meines Kindes anvertrauen würde, aber bei dir wüsste ich Fee in Sicherheit, und Sina denkt ganz genauso."

„Okay, ich werde sie hüten wie meinen Augapfel. Sollen wir uns komplett im Büro einquartieren, während ihr observiert?"

„Das wird am besten sein", meinte Sina. „Wir können noch ein paar Sachen besorgen und dann hätte ich noch etwas für dich." Sie holte die Waffe hervor und legte sie auf den Schreibtisch.

Lars schaute ungläubig. „Ihr glaubt, es sind keine leeren Drohungen? Wie ernst es euch ist, merkt man schon daran, dass Adi kein einziges Wort über das Kickers-Spiel heute in Mainz verloren hat. Ich hoffe, ich werde die Waffe nicht brauchen."

„Wenn meine Familie oder meine Freunde in Gefahr sind, dann kann es nichts Wichtigeres geben, auch nicht meine Kickers!"

*

Der Friedhofsgärtner Andreas Bender sah sich um. Er liebte diese friedliche Stille. Es waren nur wenige Leute unterwegs, die ihn während seiner Arbeit störten. Das Grab war sehr gepflegt. Man konnte deutlich sehen, dass sich hier jemand liebevoll um die Pflanzen kümmerte. Die Dekoration wies darauf hin, dass hier ein Kind begraben lag. Für ihn war es das Schlimmste, wenn er Kindergräber pflegen musste, denn er hatte selbst zwei Kinder und der Gedanke, dass ihnen etwas passieren könnte, raubte ihm oft den Schlaf.

Er ging zum nächsten Grab und stutzte plötzlich. Das gibt's doch nicht, dachte er. Der Grabstein trug die Inschrift: „Alfred Smolek 04.02.1972 – 10.08.2019". Der Stein war grau marmoriert und der Steinmetz hatte den Text in einem hellen Grau gehalten. Aber Bender hatte nur Augen für den gelben Zettel, der an dem Stein klebte. Genau so einen hatte er vor einiger Zeit auf einem anderen Grab gefunden.

*

Rüdiger Salzmann wollte die neuesten Ergebnisse persönlich überbringen. Mittlerweile war es 13 Uhr und normalerweise hätte es keine Chance gegeben, Adi an einem anderen Ort zu treffen als bei einem OFC-Spiel, doch heute war alles anders. Hessberger wirkte total fokussiert und schaute seinen Freund erwartungsvoll an. „Und? Gibt es auf dem Drohschreiben Hinweise auf Hoberg?"

Salzmann schüttelte den Kopf. „Es gibt leider überhaupt keine Fingerabdrücke."

Lars, Sina und Adi konnten ihre Enttäuschung kaum verbergen. „Das darf doch alles nicht wahr sein", stöhnte Sina. „Jetzt müssen wir doch zu Plan B übergehen."

„Plan B?" Erstaunt sah Rüdiger Sina an. „Was habt ihr vor? Bitte nicht wieder so eine dämliche Beschattungsaktion. Das ist jetzt schon zweimal aus dem Ruder gelaufen."

„Rüdiger, wir können hier nicht tatenlos rumsitzen, wenn ein Psychopath es auf unser Leben abgesehen hat."

„Was habt ihr vor, Adi?"

„Wir werden den Kerl beschatten."

„Na klar, ihr schaut mal, was der liebe Hoberg den ganzen Tag so treibt. Hältst du mich für total verblödet? Ihr werdet den Kerl schnappen und die Wahrheit aus ihm herausprügeln."

Adi schaute seinen Freund unschuldig an. „Das traust du uns zu?"

„Genau das! Und hört bloß nicht auf, bevor er die Wahrheit sagt!"

Mit diesen Worten verließ er das Büro. Lars sah ihm verblüfft hinterher. „Was war das denn? Unser Rüdiger ist ein echter Freund und er hat recht. Wenn ihr ihn schnappt, dann quetscht ihn aus wie eine Zitrone. Das Arschloch hat keine Schonung verdient."

Auf dem Weg nach Aschaffenburg schaltete Sina das Fanradio ein. Gerade begann die zweite Halbzeit. Schon seit der 13. Minute lag der OFC wieder einmal im Rückstand, aber Adi hörte kaum hin. Die Medikamente zeigten jetzt endlich ihre Wirkung, bis auf leichte Schmerzen fühlte er sich kaum beeinträchtigt. In seinem Hirn ratterte es. Wenn sie nicht weiterkamen, würde er dem Ganzen ein Ende bereiten.

Der OFC schaffte es nicht, torgefährlich im Strafraum der Mainzer zu agieren, und so kam es, wie es kommen musste. In der 79. Minute erzielte Mizuta das 2:0 für die Heimmannschaft. Gefühlt hatte der OFC in den letzten Wochen kein einziges Tor geschossen. Hessberger hatte da seine eigene Vorstellung – normalerweise sollte ein Aufstiegsaspirant mindestens zwei Tore pro Spiel erzielen. Und hier sah man auch die Probleme des OFC: keine Torgefahr und im Spiel einfach zu langsam. Hessberger regte sich jedes Mal auf, wenn bei einem Eckball des Gegners kein Kickers-Spieler an der Mittellinie zu sehen war. Dort musste der schnellste Spieler hin, damit auch einmal überfallartige Konter gespielt werden konnten. Adis Wünsche blieben seit Jahren ungehört. Aber diesmal war ihm auch die vierte Niederlage in Folge fast egal. In der 80. Minute schaltete er das Fanradio einfach ab.

„Wie bist du denn drauf, Adi?", fragte Sina. „Du schaltest deine geliebten Kickers noch vor dem Ende aus? Das hast du noch nie gemacht."

„Ob du es glaubst oder nicht, es gibt Dinge, die sind viel wichtiger als Fußball und wichtiger als der OFC. Du und Fee, ihr steht an absolut erster Stelle, und wenn jemand euch bedroht, gibt es nur eine Option und das ist, die Bedrohung auszuschalten. Wir sollten uns jetzt absprechen, wer die Wohnung von Hobergs Freundin im Blick behält und wer zu Hoberg fährt."

„Dann übernehme ich Hoberg", entschied Sina.

„Okay. Egal was passiert, wenn der Kerl auftaucht, informieren wir uns gegenseitig und schlagen dann erst gemeinsam zu." Er hatte im Vorfeld lange überlegt, ob er Sina bei dieser gefährlichen Aktion dabeihaben wollte. Schlussendlich war sie eine hervorragend ausgebildete Polizistin und er benötigte eine Person an seiner Seite, der er voll vertrauen konnte. Er würde dafür sorgen, dass ihr nichts passierte.

*

Andreas Bender hatte hin- und herüberlegt, ob er zur Polizei gehen sollte. War es wirklich eine Sache für die Polizei, dass er den gleichen Text auf zwei unterschiedlichen Gräbern gefunden hatte? Schließlich folgte er seinem Bauchgefühl und machte sich auf den Weg zum Polizeipräsidium Südosthessen. Auf dem Parkplatz waren alle Plätze belegt. Er parkte um die Ecke beim Offenbacher Tierheim. Nach ein paar Minuten trat er durch die Glastür des Eingangs. Im Vorraum war kein Sitzplatz frei. Ein Dutzend Leute hatten sich hier versammelt, um Anzeigen zu erstatten oder weil sie vorgeladen worden waren. Nachdem es etwa 15 Minuten gedauert hatte, bis der erste Wartende aufgerufen wurde, ging Bender zur Tür und verließ das Präsidium. Wenn er es sich genau überlegte, war es wahrscheinlich besser, die Zettel zu entsorgen.

*

Sina hatte sich einen Platz in der Nähe von Hobergs Wohnung gesucht. Die Parkbank befand sich in Sichtweite des Objekts, war aber durch einen Baum etwas verdeckt. Leider funktionierte die Kamera nicht mehr, die Adi vor der Wohnungstür versteckt hatte. Offenbar hatte jemand sie entdeckt und nun gab es keine bewegten Bilder mehr. Sina kaute an ihrem belegten Brötchen und hoffte, dass der Stalker bald auftauchen würde. Mittlerweile wartete sie seit einer Stunde, ohne dass etwas geschah. Plötzlich ging ein Mann im Kapuzenpulli auf den Eingang des Hauses zu, aber es handelte sich nicht um den Gesuchten. Zwei Minuten später sah Sina ihn am Fenster der überwachten Wohnung. Wahrscheinlich handelte es sich um einen Freund, der Klamotten oder sonstige Dinge aus der Wohnung holte. Sina überlegte fieberhaft. Wenn die Sachen für Hoberg waren, würde der Mann sie direkt zu ihm führen. Adi hatte gesagt, sie solle auf keinen Fall etwas auf eigene Faust unternehmen. Sie löste den Zwiespalt, indem sie ihn anrief. Doch es meldete sich nur die Mobilbox. Warum ging er nicht ans Telefon? Sie schrieb eine kurze Nachricht auf WhatsApp.

Fünf Minuten später verließ der Unbekannte das Haus und Sina folgte ihm unauffällig. Zum Glück war er zu Fuß unterwegs, sonst wäre die Verfolgung problematisch geworden. Jetzt hörte sie ihr Handy, das sie leise gestellt hatte. „Was machst du, verdammt noch mal? Du solltest doch bei der Wohnung bleiben."

„Dann hättest du ans Handy gehen sollen. Was soll ich denn machen? Der Typ führt mich vielleicht zu Hoberg. Außerdem würdest du es nicht anders machen."

„Okay, aber sei vorsichtig. Schick mir deinen Standort, ich versuche dich einzuholen."

Immer wieder drehte sich der Mann um. Sina hatte Mühe, unentdeckt zu bleiben. Er lief die Rhönstraße entlang. Linker Hand sah sie ein Schild mit der Aufschrift „Weinhandlung“. Dann bog er ab in die Alois-Grimm-Straße und nach ein paar hundert Metern kamen sie in die Hockstraße. Dort befand sich ein Spielplatz, der laut Schild vorübergehend geschlossen war. Hinter einem Klettergerüst, das von Büschen umgeben war, verschwand der Mann. „Scheiße, das gibt's doch nicht“, murmelte sie leise. Wie konnte er auf den letzten Metern entwischen? Langsam schlich sie sich näher an das Gerüst heran, als sie leise Stimmen hörte.

„Ich habe alles mitgebracht, was du aufgeschrieben hast. Wie geht es jetzt weiter, Sven?“

„Ich werde mich erst mal verdünnisieren. Keine Ahnung, warum mich die Polizei festnehmen will!“

„Da gäbe es viele Gründe, deshalb ist es so schwer, den richtigen zu erahnen. Auf jeden Fall macht es Sinn, ein paar Tage unterzutauchen.“

„Deshalb habe ich dich ja auch geschickt! Ich brauch meinen Ausweis und das versteckte Geld.“

Sina hörte ein Rascheln direkt hinter ihr. Dann tauchte ein vertrautes Gesicht aus der Dunkelheit auf.

„Sie sind da vorne zwischen den Büschen“, flüsterte sie.

Adi nickte. „Ich werde mich von der anderen Seite anschleichen. Sobald ich da bin, versuche ich die beiden mit meiner Waffe davon zu überzeugen, friedlich zu bleiben. Falls sie fliehen, müsstest du ihnen den Weg abschneiden. Wir brauchen nur Hoberg. Wenn der andere verschwindet, ist das kein Problem, okay?“

Sina hielt den Daumen hoch. Es kam ihr wie eine Ewigkeit vor, bis Adi auf der anderen Seite war.

„So, Jungs, das war es jetzt“, rief er und sprang hinter einem Gebüsch hervor. „Ich will eure Hände in der Luft sehen und dann kommt langsam auf mich zu.“

Zuerst kam der Unbekannte und dahinter folgte Hoberg. Kurz vor Hessberger gab der Stalker seinem Kumpel einen gewaltigen Stoß in den Rücken. Dieser flog direkt auf Adi zu und der war gezwungen, zur Seite zu springen. Hoberg rannte in die entgegengesetzte Richtung davon. Doch nach ein paar Metern spürte er einen heftigen Schlag im Rücken und ging zu Boden. Innerhalb weniger Sekunden hatte der verdutzte Mann Handschellen an. Er lag auf der Erde und Sina kniete über ihm. Das war die Situation, als Adi mit dem zweiten Mann auf der Bildfläche erschien.

„Gute Arbeit, mein Schatz. Wir sind ein perfektes Team. Und jetzt kümmern wir uns um euch beide.“

Sven schaute das Paar entgeistert an: „Seid ihr von der Polizei? Ich sage keinesfalls etwas ohne meinen Anwalt. Und jetzt bringt uns aufs Revier, denn es ist kalt hier auf dem Boden.“

„Leider sind wir in besonderer Mission hier und du hast gute Chancen, wenn du schnell den Mund aufmachst, ansonsten bekommst du richtig Dresche!“

„Jetzt weiß ich, wer Sie sind. Meine Freunde haben sich vor ein paar Tagen mit Ihnen beschäftigt, weil Sie Streit angefangen hatten. Allerdings kann ich nichts dafür, was meine Kumpels veranstalten. Am besten, Sie wenden sich an die und lassen mich in Ruhe.“

„Hast du gehört, Sina? Er hat keine Lust, sich mit uns zu unterhalten. Würdest du mit seinem Kumpel mal ein paar Schritte gehen? Apropos, wie heißen Sie eigentlich?“

„Gerd Heinrich, aber ich habe mit der Sache hier nichts zu tun.“

„Mit welcher Sache haben Sie nichts zu tun? Aber von Ihnen wollen wir gar nichts – noch nicht. Ich werde mich jetzt allein und in Ruhe mit Herrn Hoberg unterhalten und dann kann er sich ja überlegen, ob er mit uns reden will."

Sina hielt dem eingeschüchterten Heinrich die Waffe vor die Nase und dirigierte ihn ans Ende des Spielplatzes. „Und wenn ich um Hilfe schreie, was wollen Sie dann machen?"

„Ich werde dir in die Kniescheibe schießen."

„Das trauen Sie sich nicht", meinte er, aber seine Worte wurden begleitet vom lauten Durchladen der Waffe.

Adi ging auf Hoberg zu, der inzwischen wieder stand, und donnerte ihm die Faust in den Magen.

„Bist du verrückt, du Scheißbulle? Mein Anwalt wird dich fertigmachen."

„Ich bin kein Bulle mehr und das freut mich aktuell ganz besonders. Ich bin einfach nur ein mieser Privatdetektiv, der seine Familie schützen möchte."

„Was interessiert mich deine Familie, sag mir endlich, was du von mir willst?"

„Du hast gedroht, meinem Kind etwas anzutun, wenn wir dich weiter beschatten, und deshalb mache ich dich fertig."

Hoberg schnappte nach Luft. „Bist du geisteskrank? Dein Kind ist mir völlig egal, aber wenn du weitermachst, kann sich das noch ändern. Meine Kumpels spielen gerne mit Kindern."

Die Faust traf ihn unvermittelt im Gesicht, Blut tropfte aus seiner Nase. Der nächste Schlag landete auf seinem Kinn und Hoberg ging zu Boden.

In diesem Moment kam Sina wieder zurück. Den anderen Mann hatte sie mit Handschellen an ein Klettergerüst gefesselt.

„Das macht doch keinen Sinn, Adi!" Sie ging zu Hobergs Tasche und leerte sie komplett aus. Neben Klamotten und Bargeld kam eine Waffe zum Vorschein, eingewickelt in ein Handtuch, ein Ausweis und eine größere Anzahl von abgepackten Tabletten. „Damit kriegen wir ihn dran." Dann hielt sie einen zweiten Personalausweis in die Luft. „Und das hier ist eine Fälschung. Komm, wir rufen Rüdiger an und bringen den Typ aufs Präsidium."

„Was machen wir mit dem anderen Kerl? Sollen wir ihn auch mitnehmen oder einfach hierlassen."

„Lass ihn einfach hier, Adi. Im Prinzip war er nur zur falschen Zeit am falschen Ort."

Adi ging zu dem anderen Mann. „Also pass mal auf, du Vogel. Such dir dringend andere Freunde, ansonsten holen wir dich demnächst auch noch. Und noch eins. Du hast weder etwas mitbekommen noch gehört. Haben wir uns verstanden?"

Heinrich nickte mehrfach und suchte so schnell er konnte das Weite, nachdem Sina seine Handschellen gelöst hatte.

„Lass uns fahren, Adi, bevor er mit seinen Freunden wieder hier auftaucht."

*

Obwohl es schon spät war, war Rüdiger Salzmann, den sie telefonisch informiert hatten, im Polizeipräsidium. Er nahm die drei in Empfang. „Na, wen habt ihr denn da mitgebracht? Sven Hoberg! Wie es aussieht, bleiben Sie diesmal etwas länger bei uns. Unerlaubter Waffenbesitz, Drogen und wahrscheinlich gefälschte Papiere. Jetzt werden wir Sie erst mal gut unterbringen und morgen geht es dann los mit den Vernehmungen. Brauchen Sie einen Arzt? Was ist passiert?"

Adi antwortete für ihn. „Unglücklich gefallen, ich wollte ihn noch auffangen, aber da lag er schon auf dem Boden."

„In Ordnung, unser Sanitäter schaut sich das mal an und wird entscheiden, ob wir einen Arzt brauchen."

Nachdem Hoberg abgeführt worden war, wandte sich Rüdiger an seine Freunde. „Ihr habt ihm ganz schön zugesetzt. Ich hoffe, das entwickelt sich nicht zum Eigentor. Und jetzt erzählt mir alles noch mal ganz in Ruhe."

Nachdem Adi seinen Bericht beendet hatte, schaute ihn Salzmann sehr ernst an. „Wir müssen damit rechnen, dass Hobergs Freunde die Sache weiterverfolgen. Ihr müsst auf jeden Fall weiter vorsichtig sein. Es gibt übrigens einen Grund dafür, dass ich Hoberg noch nicht verhöre, und das hat nichts mit der Uhrzeit zu tun. Ich habe von Adi gelernt, dass es manchmal nicht schlecht ist, die Verhafteten schmoren zu lassen. Manchmal steigt dann die Bereitschaft, doch mit uns zu kooperieren." Er sah sie an: „Wollen wir noch ein Bierchen trinken gehen, ihr beiden?"

Sina schüttelte den Kopf. „Danke, Rüdiger, aber wir müssen jetzt Lars erlösen. Er hat sich die ganze Zeit um Fee gekümmert. Und außerdem schreit mein Bett nach mir. Ich bin hundemüde und Adi geht es sicher genauso."

15.05.2023, Polizeipräsidium Südosthessen

Seit über einer Stunde versuchte Salzmann, etwas aus Sven Hoberg herauszubekommen. Allerdings schwieg dieser hartnäckig. Am Anfang hatte er alle Vorwürfe bestritten und danach kam nichts mehr. Sein Rechtsanwalt forderte, den Inhaftierten sofort freizulassen, was aber aufgrund der ihm vorgeworfenen Straftaten keine Option war. Salzmann hatte mit dem Staatsanwalt gesprochen. Der würde Anklage erheben, allerdings gab es für das Stalking, die Körperverletzung und die Tierquälerei keine Beweise.

Rüdiger ließ ihn wieder in die Zelle zurückbringen, um ihn weiter weichzukochen. In seinem Büro wartete ein Zeuge auf ihn, der etwas aussagen wollte.

„Ich heiße Andreas Bender und bin als Friedhofsgärtner zuständig für die Pflege von Gräbern im Kreis Offenbach. Dabei ist mir etwas aufgefallen, das vielleicht für die Polizei relevant sein könnte."

Salzmann ging um seinen Tisch herum und setzte sich. „Dann erzählen Sie doch bitte, was passiert ist."

„Vor ein paar Wochen hing ein ominöser gelber Zettel an einem Grabstein. Es war eine Art Post-it und darauf waren nur ein paar Worte zu lesen: La Le Lu."

Salzmann nickte. „Das ist natürlich seltsam, aber warum sollte das für die Polizei interessant sein?"

„Am 13. Mai habe ich den gleichen Zettel auf einem anderen Grab gefunden. Das hat mich veranlasst, hierher zu kommen. Aber als ich dann unten im Wartebereich stand, dachte ich mir, dass es sich vielleicht nur um einen kleinen Scherz handelt, und bin wieder gegangen."

„Und warum sind Sie dann heute wiedergekommen?" Man merkte Salzmann seine Ungeduld an.

„Meine Frau meinte, ich sollte die Namen auf den Gräbern mal im Netz googeln. Dabei habe ich herausgefunden, dass die Toten beide Opfer eines Gewaltverbrechens gewesen waren. Das kann doch kein Zufall sein!“

Jetzt war Rüdiger ganz Ohr. Das war vielleicht der Punkt, an dem sie endlich anknüpfen konnten. „Herr Bender, ich danke Ihnen vielmals für diese wichtige Information. Wie lauten denn die Namen der Toten?“

„Alfred Smolek und Stefan Hirschmüller.“

„Haben Sie diese gelben Zettel dabei?“

Bender holte zwei zerknitterte Papierstücke hervor. „Ich hatte sie schon in den Müll geworfen, deshalb sind sie nicht im besten Zustand.“

Salzmann tütete sie ein. „Vielleicht finden wir dennoch Spuren auf dem Papier. Wir müssen Ihnen leider Fingerabdrücke abnehmen, um nachher einen Vergleich zu haben. Außerdem werden zwei Beamte mit Ihnen zu den Gräbern fahren, um auch dort nach Rückständen zu suchen.“

„Könnten Sie meinen Chef anrufen, denn eigentlich müsste ich gleich meinen Dienst antreten?“

„Natürlich, ich werde ihm mitteilen, dass Sie ein wichtiger Zeuge in mehreren Mordfällen sind.“

15.05.2023, Büro Hessberger

„Ich bin so froh, dass ihr den Kerl geschnappt habt. Jetzt können wir endlich wieder ruhig schlafen“, sagte Lars erleichtert. „Weiß Melinda schon Bescheid, dass der Albtraum vorbei ist?“

„Nein, aber ich werde sie gleich anrufen. Oder besser, du machst das, Sina.“

„Ich erledige das gleich, aber so ganz sind wir noch nicht aus dem Schneider. Erstens hat er bisher nichts von den Vorwürfen zugegeben und zweitens bleibt immer noch seine Schlägerbande, die jederzeit hier auftauchen könnte."

„Du siehst das zu schwarz, Sina. Die Typen sind stark in der Gruppe, aber trotzdem möchten sie nicht in die Öffentlichkeit. Jetzt, da Hoberg sich im Fokus der Polizei befindet, werden die Jungs sich erst einmal distanzieren."

Es klingelte an der Tür.

„Hallo Rüdiger, schön, dass du vorbeikommst. Gibt es Neuigkeiten?"

„Genau deshalb bin ich hier. Sie betreffen meine Fälle. Ich dachte mir, jetzt, da euer Fall fast gelöst ist, könntet ihr mich ein wenig unterstützen. Was meint ihr? Möglicherweise könntet ihr euch sogar einen Teil der ausgesetzten Belohnung verdienen. Für die beiden Morde in Offenbach und den in Weiskirchen sind jeweils 5.000 Euro ausgelobt. Wahrscheinlich wird auch der Friedhofsgärtner, der heute einen entscheidenden Tipp gegeben hat, einen Teil davon erhalten."

Die drei schauten sich an und nickten.

„Wir sind dabei", sagten sie fast synchron.

„Also bring uns auf den neusten Stand", meinte Sina.

Nachdem Rüdiger sie informiert hatte, ratterte es bei Adi sofort. „Wir müssen die Familien der Opfer nochmals befragen, vielleicht fällt jemandem etwas zu diesen Worten ein. Bei La Le Lu handelt es sich um ein Kinderlied. Außerdem sollte das dritte Grab darauf überprüft werden, ob dort auch so ein Zettel gefunden wurde. Dann hätten wir den Beweis, dass alle Fälle zusammenhängen."

„Das sehe ich genauso. Jetzt muss ich zurück ins Präsidium. Soll ich Fee und dich mitnehmen, Sina?"

„Gerne, Rüdiger, dann lassen wir die zwei hier mal in Ruhe arbeiten. Bis nachher!"

*

Lars war froh, einige Zeit mit Adi allein zu verbringen. Er hatte schon die ganze Zeit etwas auf dem Herzen.

„Du, Adi, ich möchte dir unbedingt etwas zeigen. Seit einigen Wochen wollte ich das schon tun, aber ehrlich gesagt fehlte mir der Mut. Und da ich mir nichts mehr wünsche, als dass es dir gefällt, habe ich es immer hinausgezögert. Bisher gab es wegen des Stalkers einfach nie den richtigen Zeitpunkt, aber nun muss es raus, sonst platze ich. Jetzt ist es ein hoffentlich schöner Abschluss unseres Falls."

Adi schaute ihn an. „Du machst es ja richtig spannend, schieß endlich los."

Lars holte ein paar Blätter aus seiner Schreibtischschublade und hielt sie ihm hin. „Das habe ich für unseren OFC geschrieben, aber wenn ich es genau überlege, ist es für dich."

Hessberger nahm die Aufzeichnungen und begann zu lesen.

Bieberer-Berg-Blues

Rot und weiß ist unser Leben – ein Statement für die Ewigkeit.
Auch noch in der vierten Liga – rot und weiße Einigkeit!
Die Spieler kommen und sie gehn, doch eines, das wird stets bestehn:
Er ist da, der Hoffnungsschimmer – und wir Fans bleiben für immer.

Rot und Weiß sind nicht nur Farben, Rot und Weiß ist Lebenssinn,
und wir tragen sie am Körper – und auch ganz tief in uns drin.
Den OFC wollen wir sehen, denn wir sind Rot-Weiß-verliebt,
Und der Berg wird ewig stehen, auch wenn es uns einst nicht mehr gibt.
Du mein Verein bist eine Brücke, Brücke zwischen Arm und Reich.
Auf dich halten wir große Stücke, bei dir sind wir alle gleich.
Manchmal fließen auch die Tränen, wenn das Spiel verloren geht,
weil nach Siegen wir uns sehnen, wenn der Bengalo-Rauch sich dreht.
Und noch eines bleibt bestehn – der Bersch wird niemals untergehn.
Wenn einst der Vulkan ausbricht, es bleibt nur Asche, Lava, Ruß,
eines wird man immer hören, den rot-weißen Kickers-Blues.

Tränen tropften auf die Blätter und Adi spürte es sofort: Das war sein Song, das war sein OFC! Er nahm Lars in die Arme und wollte ihn gar nicht mehr loslassen.

„Das ist wirklich großartig, ich bin hin und weg. Das ist der schönste Kickers-Text, den ich jemals gelesen habe."

Mühlbauers Augen glänzten. Er hatte sich so sehr gewünscht, dass Adi der Text gefallen würde, aber mit dieser Reaktion hatte er nicht gerechnet.

15.05.2023, Polizeipräsidium, Vernehmungsraum

Rüdiger Salzmann hatte Hoberg in die Mangel genommen. Selbst der teilnehmende Rechtsanwalt riet seinem Mandanten, zumindest teilweise zu kooperieren.

„Ich gebe zu, dass ich mit Drogen deale, und meine Jungs aus der Kneipe helfen mir ein bisschen beim Inkasso. Sie verstehen, was ich meine?"

„Nein, Herr Hoberg, vielleicht können Sie das noch ein wenig genauer erklären."

„Ganz einfach, wer nicht zahlt, dem schicke ich ein paar Jungs vorbei und schon fließt die Kohle. Meistens reicht es schon, wenn meine Mitarbeiter auftauchen. Nur in Ausnahmefällen müssen sie ein wenig Überzeugungsarbeit leisten." Er grinste.

Salzmann holte einen Umschlag hervor. „Ihr Geschäftsmodell habe ich verstanden, aber was hat es mit diesen Fotos auf sich?"

Er zeigte Hoberg die Aufnahmen mit Melinda Kohler. „Die Alte habe ich flachgelegt und sie wollte unbedingt dabei Aufnahmen machen. Aber fast wäre dieses Date gar nicht gut ausgegangen …"

*

Sina kam von ihrem Besuch bei Melinda früher zurück, als Adi erwartet hatte. „Na, mein Schatz, ich dachte, ihr würdet noch ein Weilchen plaudern."

„Melinda ist nicht zum Reden zumute. Sie wollte gerne allein sein und hat am Ende immer nur davon gesprochen, dass sie keine Kinder haben möchte, weil die Welt so böse sei.

Irgendwann hat es mich nur noch genervt, da habe ich mir gedacht, ich könnte dich spontan zum Essen einladen, was meinst du?"

„Gute Idee, worauf hast du Lust?"

Sina überlegte kurz und meinte dann: „Belgische Pommes, das wäre genau das Richtige."

„Gut, dann gehen wir ins Le Belge auf den Wilhelmsplatz. Da schmeckt es richtig lecker. Kannst du so lange die Stellung halten, Lars – und dürfen wir Fee in deiner Obhut lassen?"

„Haut schon ab, ihr Turteltauben. Ich bin froh, wenn ich mal mit Fee allein bin, da kann ich wenigstens in Ruhe arbeiten."

Adi und Sina beschlossen, das Ganze mit einem Spaziergang zu verbinden und durch den Grünring Richtung Innenstadt zu laufen. Sie kamen bei der früheren Stars Lounge vorbei. Diese Lokalität hatte leider schon wieder dicht gemacht. Das Konzept Irish Pub hatte nicht funktioniert. Das fanden beide sehr schade, man konnte hier wunderbar draußen sitzen. Außerdem war der Ort sowohl von ihrer Wohnung als auch vom Büro nur ein paar Schritte entfernt.

Im Le Belge fanden sie sofort einen Platz auf den Bänken. Adi freute sich schon auf eine große Portion belgische Pommes, dazu teilten sich beide einen Speckkuchen. Adi trank ein Benediktiner Hell vom Fass und Sina ein Leffe Blonde, ein fruchtig-süßes Abteibier. Es roch leicht nach Banane und einem Hauch Koriander. Das war nichts für Adi. Sie prosteten sich zu und kamen auf ein Thema zu sprechen, das die ganze Zeit über ihnen schwebte.

„Adi, ich weiß, du redest nicht gern über dieses Thema, aber wir müssen schauen, wie die Detektei sich in den nächsten Monaten über Wasser halten kann. Bisher waren es einfach zu wenig Aufträge und das deckt kaum die Kosten, zumal Lars auch noch bezahlt werden muss."

„Ich habe mir da auch meine Gedanken gemacht. Jetzt, da Melindas Fall abgeschlossen ist, brauchen wir dringend neue Klienten. Wenn es gut läuft, werde ich nächsten Monat den Personenschutz für einen Politiker übernehmen. Es gab da wohl ernsthafte Drohungen und vielleicht habe ich nach diesem Auftrag einen Fuß in der Tür. Ansonsten …!"

„Was meinst du mit ansonsten?"

„Wenn das auch nicht funktioniert, werde ich wohl zu Kreuze kriechen müssen und darum bitten, wieder in den Polizeidienst übernommen zu werden."

Sina sah ihn entsetzt an. „Quatsch. Du warst doch so froh, das endlich hinter dir zu lassen. Auf keinen Fall darfst du aufgeben. Ich verdiene doch gut und wir werden es sicher so lange durchhalten, bis dein Detektivbüro läuft."

„Das ist sehr lieb von dir. Aber du weißt schon, dass ich meine Familie gerne selbst ernähren möchte."

Sie rollte die Augen, sagte dann aber beschwichtigend: „Das sollst du ja auch. Wenn die Anlaufphase beendet ist und der Rubel rollt, kannst du uns gern ernähren. Und bis es so weit ist, trage ich einen entscheidenden Teil bei, okay?"

*

Sein Kopf drohte zu platzen. Und der Mund fühlte sich so trocken an, als hätte er Staub geschluckt. Das grelle Licht blendete seine Augen und die füllten sich sofort mit Tränen. Er riss wie wild an den Schläuchen und sofort ertönte ein lautes Alarmsignal.

Die Schwester rief nach dem Oberarzt. Beide standen vor dem Bett und versuchten, den Patienten zu beruhigen.

„Herr Pfeiffer, Sie sind hier im Krankenhaus und haben im Koma gelegen. Sie müssen sich beruhigen."

Der Arzt gab dem Mann ein Beruhigungsmittel und nach einer Minute fielen ihm die Augen zu. Doktor Voigt sah die Schwester an: „Erst lag er im Koma und wir dachten, er würde nicht wieder aufwachen, und jetzt dreht er durch."

„Es ist schon seltsam, wenn man vier Wochen jeden Tag mit dem Patienten spricht und nie eine Antwort erhält, und dann so etwas. Wird er wieder gesund werden?"

Voigt schaute der Schwester ins Gesicht und dachte, was für ein hübsches Mädchen sie doch war, aber laut sagte er: „Wir müssen noch ein paar Tage abwarten, wie sich sein Zustand entwickelt. Vielleicht kann er sich dann auch erinnern, wer ihn angefahren hat. Der Kommissar, der ein paarmal hier war, denkt ja, dass Hessberger der Täter ist."

*

„Die Alte wollte mich kaltmachen. Die hat mich gewürgt und auf mich eingeschlagen. Und wenn nicht mein Kumpel gekommen wäre ...!"

Salzmann sah Hoberg skeptisch an. „Sie wollen mir erzählen, dass diese halb so schwere Frau einen Kerl wie Sie bedroht hat? Das kann ich mir kaum vorstellen. Und warum in Gottes Namen haben Sie Melinda Kohler danach noch verfolgt?"

„Was wollen Sie immer mit verfolgt? Ich habe sie danach nie wieder gesehen. Sie hat die Kamera genommen, ist aus meiner Wohnung gerannt und das war's."

„Die Bilder sind wirklich in Ihrer Wohnung entstanden, Herr Hoberg?"

Der nickte heftig. „Wenn ich es doch sage. In meinem Schlafzimmer. Sie können gerne jemanden hinschicken, dann werden Sie ruck-zuck feststellen, dass die Aufnahmen von dort sind."

Salzmann musste das Gesagte erst mal verarbeiten. „Aber was war dann auf Sylt?"

Hoberg schaute ihn entgeistert an. „Ich war noch nie auf Sylt."

Salzmann überlegte. Irgendjemand log hier gewaltig, aber wer – und vor allem warum?

Er versuchte, Melinda Kohler zu erreichen, aber die ging nicht ans Telefon. Dann rief er Adi an.

„Hallo Rüdiger, wir sitzen im Le Belge und lassen es uns gutgehen, was gibt es denn?"

„Ihr müsst sofort ins Präsidium kommen, ich glaube, wir haben hier ein großes Problem."

„Wir sind ohne Auto unterwegs, es kann also ein Weilchen dauern."

„Dann nehmt euch ein Taxi", hörte Adi noch, dann hatte Rüdiger aufgelegt.

„Was war das denn?", fragte Sina, die nur Adis Part mitbekommen hatte. „Gibt es Probleme?"

„Ich glaube, da ist etwas im Busch. Wenn Rüdiger so reagiert, dann ist die Kacke am Dampfen."

*

Überrascht öffnete Lars die Bürotür. „Hallo Melinda, schön, dass du vorbeikommst, aber Adi und Sina sind unterwegs."

„Ich wollte eigentlich Fee besuchen – und dich natürlich. Was hältst du davon, wenn ich ein paar Schritte mit Fee spazieren gehe? Und dir täte frische Luft sicher auch gut. Ein paar Minuten Pause können doch sicher nicht schaden?“

Lars überlegte kurz, wann er das letzte Mal einen Spaziergang gemacht hatte. Das war schon eine Weile her und außerdem gefiel ihm Melinda. „Was soll‘s, auf eine Stunde kommt es sicher nicht an. Ich lass noch einen Zettel für die beiden hier, dass sie sich keine Sorgen machen.“

Als sie aus der Tür waren, fiel ihm ein, dass sein Handy noch am Ladekabel hing. „Ich habe mein Handy vergessen, einen Moment, ich bin gleich wieder da.“

„Für die paar Meter brauchst du kein Handy, und zur Not habe ich eins dabei, falls etwas sein sollte.“

*

„Da seid ihr ja endlich“, begrüßte Rüdiger die beiden. „Ich weiß gerade nicht, was ich denken soll. Hoberg behauptet steif und fest, Melinda niemals verfolgt zu haben. Sie habe selbst auf den Nacktbildern bestanden und die Kamera sei auch von ihr gewesen. Aber warum sollte sie das tun? Wir müssen unbedingt mit ihr reden und ich möchte, dass ihr dabei seid. Außerdem, und das ist noch seltsamer, beteuert Hoberg, noch niemals auf Sylt gewesen zu sein.“

Adi schaute seinen Freund zweifelnd an. „Also für mich stellen sich folgende Fragen: Warum sollten wir diesem Mistkerl glauben, er hat ja einiges auf dem Kerbholz? Wenn es stimmen würde, wer ist dann der Stalker? Und was für einen Grund hätte Melinda zu lügen? Versuchen wir sie einfach zu kontaktieren.“

Rüdiger wählte ihre Nummer, aber nur die Mailbox war zu hören. Zur gleichen Zeit versuchte Adi, bei Lars Mühlbauer anzurufen, aber weder über die Büronummer noch über das Handy ging er dran.

„Rüdiger, fahr uns bitte schnell in mein Büro. Da stimmt was nicht. Lars geht sonst immer ans Handy." Adi klang wie immer gefasst, aber man merkte ihm die Unruhe an.

Als sie im Büro ankamen, waren die Räume verlassen. Keine Spur von Lars, keine von Fee. Auf dem Schreibtisch fanden sie den Zettel: „Ich bin mit Fee und Melinda eine Runde spazieren. Liebe Grüße Lars."

„Hoffentlich ist da nichts passiert!" Sina wirkte sehr aufgeregt.

Adi wollte sie beruhigen. „Keine Angst, Fee ist mit unserem Freund und unserer Freundin frische Luft schnappen. Die werden bald wieder da sein. Wir werden wohl oder übel ein bisschen warten müssen."

„Vielleicht sind sie zu Melindas Mutter gegangen. Sie hat mir erzählt, dass sie keinen guten Kontakt zu ihr hat, aber überlegt, sich wieder mit ihr zu versöhnen."

„Warum sind sie denn zerstritten? Und warum sollte sie zur Versöhnung Lars und Fee mitnehmen? Wir warten noch eine halbe Stunde und dann sehen wir weiter."

*

Melinda schob den Kinderwagen zielstrebig über den Odenwaldring und dann weiter zwischen dem neuen Polizeipräsidium und den Schrebergärten. Es waren nur wenige Menschen unterwegs und so konnten sie nebeneinander bleiben.

Der Hainbach war ein kleiner Bach mit klarem Wasser. Die Umgebung wirkte sehr idyllisch. Sie waren inzwischen über die letzte Brücke in Höhe des Spielplatzes gelaufen.

Melinda schaute Lars lange an. „Weißt du, dass man Kinder vor der Welt beschützen muss, vor allem kleine Mädchen?"

„Wie meinst du das? Und vor wem beschützen?"

„Die Welt ist böse und vor allem Väter können böse sein. Kennst du das Lied ‚La Le Lu, nur der böse Mann schaut zu, wenn die kleinen Mädchen schlafen …'?"

„Ich kenne das Lied etwas anders, aber was willst du mir eigentlich sagen? Du wirkst auf einmal so verändert. Komm, lass uns lieber wieder zurückgehen, sonst machen sich die anderen vielleicht Sorgen."

*

„Jetzt mache ich mir langsam Gedanken, Adi. Sie müssten doch schon längst wieder zurück sein. Was hältst du davon, wenn wir einfach mal bei ihrer Mutter vorbeischauen? Vielleicht sind sie ja dort."

Adi wusste, sie würde keine Ruhe geben und deshalb begleitete er sie dorthin. Die Mutter wohnte im Landgrafenring in einem Mehrfamilienhaus. Sie klingelten bei Dohmen und eine Frau Mitte sechzig öffnete die Tür.

Sina Fröhlich zeigte ihren Dienstausweis und sagte: „Mein Name ist Sina Fröhlich und ich bin eine Freundin Ihrer Tochter."

„Kommen Sie bitte herein und nehmen Sie Platz. Weshalb suchen Sie hier bei mir? Melinda und ich haben schon lange keinen Kontakt mehr."

„Warum?", fragte Hessberger ganz direkt.

„Sie glaubt, ich hätte sie als Mutter nicht beschützt, deshalb hat sie den Kontakt abgebrochen."

„Wovor beschützt, Frau Dohmen? Was hat sie Ihnen vorgeworfen?"

„Ach, das waren Geschichten, die sich junge Mädchen ausdenken."

„Was denn für Geschichten?"

„Sie hat immer behauptet, mein Mann würde sie anfassen, aber ich habe das nie geglaubt. Er war mit Melinda oft im Gewölbekeller unseres früheren Hauses. Er hat ihr dort den Umgang mit Werkzeugen beigebracht. Niemals hätte er …"

Sina fragte beharrlich nach. „Was hätte er niemals, Frau Dohmen? Hatten Sie einen Verdacht, ein ungutes Gefühl?"

„Nein, er hätte Melinda niemals unsittlich berührt, das hat er ja noch nicht mal bei mir getan, zumindest nicht in den letzten Jahren vor seinem Tod."

„Wie ist Ihr Mann gestorben, wenn ich fragen darf?"

„Es war ein schrecklicher Unfall. Ein Auto hat ihn überfahren und man hat den Fahrer oder die Fahrerin leider nicht ermitteln können."

Adi nahm ihre Hand. „Das tut mir sehr leid. Was hat Ihr Mann denn beruflich gemacht?"

„Er war Lkw-Fahrer." Adi schaute Sina fassungslos an, diese ergriff sofort die Initiative.

„Haben Sie eine Ahnung, wo Melinda jetzt sein könnte? Gibt es vielleicht einen Lieblingsort, den sie als Kind immer aufgesucht hat?"

„Da kann ich Ihnen leider nicht helfen. Warum fragen Sie mich das? Geht es Melinda denn gut? Wenn Sie sie sehen, grüßen Sie sie bitte herzlich von mir. Ich würde sie so gerne wieder mal sehen."

Adi und Sina fuhren nach diesem Gespräch sofort zum Polizeipräsidium. Auf dem Weg brachten sie Rüdiger telefonisch auf den neuesten Stand. Als sie auf dem Parkplatz des Präsidiums ankamen, wartete er dort schon auf sie.

„Melinda könnte eine Serienmörderin sein“, rief Sina aufgeregt, „wir müssen sie so schnell wie möglich finden!“

„Ich löse gleich eine Fahndung nach ihr aus!“, sagte Rüdiger beruhigend.

Adi war noch skeptisch. „Wir lassen sie suchen und wir suchen auch gleich selbst die Umgebung ab – aber das passt nicht zusammen.“

„Was meinst du?“, fragte Sina. „Wenn wir die Aussagen der Mutter richtig deuten, dann hat sich der Vater von Melinda an ihr vergangen. Und dann fügt sich doch alles zusammen wie bei einer Perlenkette. Ihr Vater missbraucht sie als Kind und danach rächt sie sich an den Männern, die so zu sein scheinen wie ihr Vater.“

Adi schüttelte den Kopf. „Und aus diesem Grund soll sie Lkw-Fahrer töten? Haltet ihr unsere Melinda wirklich für eine Mörderin, die Männer mit einem Messer umbringt, bestialisch mit mehrfachen Stichen in den Unterleib? Ich weiß, wie es ist, wenn man zu Unrecht beschuldigt wird.“

„Das spielt für mich jetzt überhaupt keine Rolle! Ich habe furchtbare Angst, weil Melinda mit meinem Kind unterwegs ist und ich keine Ahnung habe, wo sie sind und was Melinda vorhat.“

Adi legte den Arm um seine Frau. „Lars ist bei ihnen und wird Fee beschützen, da bin ich sicher.“

*

Was war bloß in Melinda gefahren? Sie wirkte auf einmal total verändert. In diesem Moment spürte Lars einen harten Schlag gegen den Hinterkopf und alles um ihn herum wurde schwarz. Er bekam auch nicht mit, dass sie ihn mit einem brutalen Tritt aus dem Rollstuhl beförderte. Sie richtete den umgekippten Rollstuhl auf und rollte ihn das kleine Gefälle hinunter in den Hainbach. Dann kam sie wieder nach oben und nahm Fee aus dem Kinderwagen. „Du sollst nicht leiden, so wie ich leiden musste. Dir bleibt mein grausames Schicksal erspart. Es wird dir nicht wehtun. Ein paar Minuten unter Wasser und alle schlimmen Dinge bleiben dir erspart, liebe Fee."

Dann fing sie leise an zu singen: „La Le Lu, nur der böse Mann schaut zu, wenn die kleinen Mädchen schlafen, kommt er dazu. La Le Lu, nein, ich lass das nicht mehr zu, gleich wirst du für immer schlafen, für immer in Ruh!"

*

Mehr als 20 Polizisten begannen die Umgebung in einem Umkreis von drei Kilometern abzusuchen. Rüdiger hatte die Beamten eingeschworen. „Sie müssen einen Weg genommen haben, der für einen Rollstuhl geeignet ist. Irgendjemand wird sie auf jeden Fall gesehen haben. Fragt alle, die euch begegnen. Wir müssen sie finden. Es ist noch nicht hundertprozentig erwiesen, aber bei Melinda Kohler könnte es sich um eine Serienmörderin handeln. Also seid vorsichtig."

Adi und Sina machten sich getrennt auf die Suche. Während Adi die Gegend Richtung Offenbach-Ost abklapperte, suchte Sina im Bereich des neuen Präsidiums. Dabei hatten sie ständig telefonischen Kontakt.

„Was ist, wenn wir sie nicht finden oder zu spät kommen? Adi, ich drehe durch."

Hessberger versuchte mit aller Macht, seine Stimme ruhig zu halten. „Wir finden unsere Fee und es wird alles gut werden, vertrau mir, Sina."

*

Lars versuchte, die Augen zu öffnen. Sein Schädel drohte zu platzen. Zuerst konnte er seine Umgebung nur verschwommen wahrnehmen. Melinda hockte unten am Wasser und es schien, als wollte sie Fee ertränken.

„NEIN", schrie er, so laut er konnte. „Nein, tu das nicht. Fee ist ein unschuldiges Baby, bitte lass sie am Leben."

„Sie soll nicht leiden. Keine schwitzigen Männerhände sollen ihren Körper überall berühren. Sie soll keine Angst haben, wenn nachts die Tür aufgeht. Ich werde sie vor all diesen furchtbaren Dingen beschützen."

„Nicht, Melinda. Es gibt auch andere Männer wie Adi oder mich. Wir würden niemals einem Kind etwas antun. Noch ist es nicht zu spät, bitte!"

„Es gibt keinen Weg zurück, weder für Fee noch für mich, und du Krüppel wirst mich nicht daran hindern."

Lars hatte nur einen Gedanken. Er musste Fee retten. Wenn er nur seine Beine bewegen könnte. Ohne nachzudenken rollte er seinen Körper das leichte Gefälle hinunter, direkt auf Melinda zu. Er prallte auf sie, und dabei fiel Fee in das tiefere Wasser.

Melinda stand auf und rief höhnisch: „Jetzt ertrinkt sie, Lars, und du bist schuld! Was für eine Ironie des Schicksals."

Sie rannte davon.

Er hörte Fee kurz schreien, dann war ihr Kopf unter Wasser. Mit größter Willensanstrengung robbte er sich zu ihr hin. Seine Arme schmerzten unendlich und er war kurz davor, die Besinnung zu verlieren.

*

Sina war nervlich am Ende, aber ein kleiner Funke Hoffnung trieb sie immer schneller voran. Einem Instinkt folgend startete sie ihre Suche in der Nähe des Präsidiums. Sie rannte den Fahrradweg Richtung Stadthalle entlang. Plötzlich sah sie Melinda, keine hundert Meter entfernt. Melinda rannte, als sei sie auf der Flucht, und kam direkt auf Sina zu. Sina zog ihre Waffe und zielte auf die Flüchtende.

„Ich würde mich lieber um mein Kind kümmern, das da hinten jämmerlich ersäuft, also lass mich durch."

Sina zögerte kurz und schrie: „Du Miststück!" Dann donnerte sie ihr die rechte Faust ins Gesicht und schlug mit dem Kolben der Waffe zu. Melinda sackte in sich zusammen. Ohne sich weiter um die Bewusstlose zu kümmern, rannte Sina weiter. Tränen liefen über ihr Gesicht.

*

Adi wurde informiert, dass Melinda Kohler bewusstlos auf dem Rad- und Fußweg am Hainbach aufgefunden worden war. Er hielt einen Autofahrer an und ließ sich von ihm an den Spessartring bringen, von dort lief er zu Fuß weiter. Er hatte schon viele schlimme Dinge erlebt. Als Sina sich in der Gewalt eines Mörders befand, als Dr. Denk sie in einem Sack verschnürt bewusstlos in den Main geworfen hatte oder als sie lange im Koma lag. Diese Geschehnisse rasten in Sekundenbruchteilen durch seinen Kopf. Aber die Angst, sein Baby, seine Fee zu verlieren, stellte alles in den Schatten.

Dann stockte sein Schritt. Er wollte nicht glauben, was er sah. Lars Mühlbauer lag besinnungslos im Wasser. Daneben kniete Sina, ihr lebloses Kind im Arm. Ihr Schrei war weithin zu hören. „Fee, nein, Fee, das darf nicht sein."

Ein Polizist nahm ihr vorsichtig das Kind aus dem Arm. Sina saß nur apathisch da, unfähig, etwas anderes als Schmerz zu empfinden. Sie hatte nicht einmal mehr die Kraft zu weinen. Wie in Trance hörte sie das Blaulicht des Notarztwagens.

Jemand schüttelte sie und redete auf sie ein. „Sina, komm zu dir, Fee lebt. Es ist kritisch und sie wissen nicht genau, ob sie durchkommt, aber wir müssen jetzt stark sein für unsere Tochter."

Sina hob den Kopf. „Sie lebt, ist das wirklich wahr?"

„Der Arzt meint, sie war nur kurz unter Wasser, weil Lars sie gerettet hat. Dabei ist er wohl weit über alle Grenzen gegangen. Es geht ihm sehr schlecht. Sie bringen jetzt beide ins Krankenhaus."

Die letzten Worte hörte Sina schon nicht mehr.

*

Adi saß im Gang und wartete auf den Arzt.

„Ihre Tochter wird es schaffen, Herr Hessberger. Sie hat viel Wasser geschluckt, aber Herr Mühlbauer hat sie noch rechtzeitig gerettet. Wenn man bedenkt, dass er querschnittsgelähmt ist, kann man gar nicht nachvollziehen, wie ihm das gelungen ist. Er ist noch sehr schwach, kein Wunder, er hat sich völlig verausgabt. Er hat nach Ihnen gefragt. Leider geht es Ihrer Frau sehr schlecht. Sie hatte einen Totalzusammenbruch und ist immer noch ohne Besinnung. Sie scheint schon eine Weile an ihrer Belastungsgrenze gewesen zu sein. Aber auch sie wird wieder gesund werden, da bin ich mir sicher."

„Vielen Dank, Herr Doktor. Darf ich meine Tochter sehen?"

„Natürlich, kommen Sie mit."

Fee lag in ihrem Bettchen und hing am Sauerstoffgerät und mehreren Schläuchen.

Adi setzte das Herz kurz aus, doch der Arzt beschwichtigte ihn sofort. „Das sieht zwar etwas gruselig aus, aber keine Angst, das ist nur noch für kurze Zeit."

Adi griff nach der winzigen Hand, die sich auf einmal bewegte. Fee drehte den Kopf zu ihm hin und er glaubte, ein Lächeln auf ihrem Gesicht zu sehen. Nachdem er über eine Stunde an ihrem Bett gesessen hatte, ging er zu Sina. Sie war immer noch nicht erwacht. Er küsste sie zart auf die Stirn und flüsterte: „Du musst wieder aufwachen, Fee und ich brauchen dich."

Lars war wach, als er ins Zimmer kam. Adi setzte sich an sein Bett. „Sina und ich werden dir immer dankbar sein für das, was du heute getan hast. Du hast ihr das Leben gerettet und dabei dein eigenes aufs Spiel gesetzt."

„Das war das Mindeste, was ich tun konnte, nachdem ich auf diese falsche Schlange hereingefallen bin. Wie konnte ich nur so dumm sein?"

„Was redest du da? Wir haben uns alle von Melinda täuschen lassen. Keiner von uns hätte vermutet, wie sie wirklich tickt. Aber jetzt ruh dich noch ein bisschen aus, ich komme morgen wieder."

Lars hob die Hand. „Zuerst sagst du mir noch, wie es Fee und Sina geht."

„Beide sind noch sehr schwach, aber sie werden bald wieder gesund und dann gehen wir feiern."

Inzwischen war es spät geworden. Ein ereignisreicher Tag ging dem Ende entgegen. Adi war wie erschlagen. Zuhause setzte er sich auf die Couch, trank ein kaltes Bier und dachte darüber nach, dass ein Mensch, dem sie beide vertraut hatten, beinahe ihre kleine Familie vernichtet hätte. Er spürte eine große Wut in sich und hoffte, Melinda würde ihre gerechte Strafe erhalten.

16.05.2023, Wohnung Hessberger

Das Klingeln brachte ihn dazu, langsam die Augen zu öffnen. Er lag völlig angekleidet auf seiner Couch, neben ihm eine leere Bierflasche. Adi griff nach seinem Handy und nahm den Anruf an.

„Hallo Adi, hier ist Rüdiger. Kannst du ins Präsidium kommen, damit wir deine Aussage aufnehmen können?"

„Gib mir eine Stunde, dann bin ich wieder tageslichttauglich."

*

Rüdiger umarmte seinen Freund. „Zum Glück ist alles gut ausgegangen. Wenn man sich überlegt, was alles hätte passieren können. Ich will es mir gar nicht ausmalen."

„Ja, so etwas möchte ich nicht noch einmal erleben. Habt ihr Melinda schon vernommen?"

„Ja, aber sie sagt kein Wort. Sie will nur mit Sina sprechen."

„Sina ist noch nicht bei Bewusstsein und ich glaube auch nicht, dass sie mit Melinda sprechen will. Diese Frau wollte unser Kind töten."

„Da bin ich anderer Meinung. Frauen ticken einfach anders. Ich bin mir sicher, dass Sina alles erfahren möchte."

Zwei Stunden später durfte Adi seine Fee auf den Arm nehmen. Es war ein unglaubliches Gefühl, sie einfach zu halten.

„Darf ich Fee mitnehmen zu ihrer Mutter?", fragte er den Arzt.

„Das ist keine schlechte Idee. Bestimmt spürt sie die Nähe ihres Kindes."

Behutsam legte Adi die Kleine dicht neben Sina. Sogleich suchte Fee den Körperkontakt. Und dann geschah das, was Adi sich erhofft hatte. Sina öffnete die Augen.

Als sie Fee erblickte, füllten sich diese mit Tränen. „Oh mein Gott, Fee, zum Glück geht es dir gut! Ich habe mir solche Sorgen gemacht."

Adi saß nur da und schaute den beiden zu. Er war glücklich, dass nun alles wieder gut war. Durch das Fenster blinzelte ein Sonnenstrahl, der das Zimmer gleich viel heller erscheinen ließ. Irgendwie hatte das etwas Symbolisches und stand für einen Neuanfang.

Ein Klopfen an der Tür ihn Adi aus seinen Gedanken. Rüdiger kam vorbei, um sich nach den Patientinnen zu erkundigen. Ihm war die Freude anzusehen, dass es den beiden wieder besser ging. Dann druckste er ein wenig herum.

„Sag schon, was dir auf dem Herzen liegt, ich liege ja nicht in den letzten Zügen“, sagte Sina.

„Ich weiß, es passt jetzt gar nicht, aber wir haben ein Problem. Melinda hat in der Vernehmung bisher geschwiegen. Sie hat aber gesagt, sie wäre bereit zu reden – allerdings nur mit dir.“

Sina war einen Augenblick fassungslos. „Ausgerechnet mit mir will sie sprechen, nachdem sie mir das angetan hat?“ Dann gab sie sich sichtlich einen Ruck. „Andererseits würde ich gerne ihre Beweggründe erfahren. Also, ich bin bereit, aber ich weiß nicht, wie lange ich hier noch liegen muss.“

„Wärst du bereit, hier im Krankenhaus mit ihr zu reden? Ein Beamter würde vor der Tür sitzen und das Gespräch könnten wir aufnehmen.“

Sina schaute zu Adi rüber. „Was hältst du davon?“

„Ich weiß, dass du durch und durch Polizistin bist, deshalb wirst du die Sache auch durchziehen. Aber trotz Polizeischutz werde ich in deiner Nähe bleiben. Und vor Mittwoch läuft nichts, denn du brauchst noch mindestens einen Tag Erholung.“

„Danke für eure Bereitschaft, und jetzt solltet ihr euch ein wenig ausruhen. Adi müsste ich aber kurz entführen.“

„Du machst es ja spannend, Rüdiger“, sagte Adi, als sie auf dem Flur waren. „Wer will denn unbedingt mit mir sprechen?“

„Warte es ab, wir sind gleich da.“

Plötzlich standen sie vor dem Zimmer von Jörg Pfeiffer. „Er hat darauf bestanden, dass ich dich herbringe. Ob du mit ihm reden willst, ist einzig und allein deine Sache.“

Unschlüssig stand Hessberger vor der Tür. Dann atmete er tief durch und trat ein. Pfeiffer war immer noch an viele Schläuche angeschlossen, aber er war bei Bewusstsein.

„Hessberger, kommen Sie näher ans Bett, sonst muss ich so schreien. Danke, dass Sie gekommen sind, denn ich wollte unbedingt etwas loswerden. Es war höllisch knapp und beinahe wäre ich draufgegangen, doch den Triumph wollte ich Ihnen nicht gönnen. Aber mir liegt auch nichts daran, dass jemand fälschlich beschuldigt wird, mich angefahren zu haben. Ich habe Sie vorbeifahren sehen und wahrscheinlich hat es Sie große Überwindung gekostet, mich nicht über den Haufen zu fahren. Allerdings war es eine Frau, die mich erwischt hat. Und eines kann ich Ihnen noch sagen: Sobald ich wieder gesund bin, werde ich Sie fertig machen, aber nicht auf Umwegen, sondern ich will Ihnen dabei ins Gesicht sehen."

Adi sagte kein einziges Wort, aber die hasserfüllten Augen verfolgten ihn noch den ganzen Tag.

17.05.2023, Sana Klinikum

Sina saß aufrecht in ihrem Krankenbett. Davor stand ein Metallstuhl, an den Melinda mit Handschellen angekettet war. Am Ende des Zimmers stand ein Beamter und beobachtete das Geschehen.

„Warum hast du mir das angetan? Ich dachte, wir wären Freundinnen."

Melinda wirkte anfangs abwesend, als wolle sie nicht reden, dann kamen die ersten Worte stockend über ihre Lippen. „Ich wurde als Kind von meinem Vater sexuell missbraucht. Es hat angefangen, als ich fünf Jahre alt war. Ich habe mich immer furchtbar geschämt und dachte, es liegt an mir, weil ich ein böses Mädchen war. Wir hatten einen Gewölbekeller, dort hat er mich immer hingebracht. Als meine Mutter in Kur war, musste ich sogar mehrere Tage in dem Keller verbringen. Er hat mit einer Kamera alles aufgezeichnet. Manchmal hat er auch Freunde aus seinem Lkw-Club mitgebracht, zu denen ich dann lieb sein musste."

„Warum hast du dich deiner Mutter nicht anvertraut oder bist zur Polizei gegangen?"

„Meine Mutter? Die hat Augen und Ohren verschlossen und wollte es einfach nicht wahrhaben. Und dann habe ich mich entschieden, die Angelegenheit selbst in die Hand zu nehmen. Als ich achtzehn wurde, habe ich meinen Führerschein gemacht. Ich habe mir ein altes, verbeultes Auto gekauft. Mein Vater ist jeden Tag die gleiche Strecke zu seiner Kneipe gelaufen. Ich habe ihn abgepasst und dann mit meinem Wagen frontal angefahren. Es war ein riesiges Gefühl der Befreiung, aber da gab es immer noch die anderen Lkw-Fahrer."

„Warum hast du Adi engagiert für einen Stalker, den es nie gab?"

„Es war eine Art Alibi. Ich konnte die Verfolgte spielen und damit jeden Verdacht von mir ablenken."

„Und was ist mit Hoberg und dir passiert? Er war nie auf Sylt und hat dich auch nicht gestalkt."

„Der Missbrauch hat mein Leben zerstört. Ich konnte nur noch mit brutalen Männern Sex haben und Hoberg war so einer. Eigentlich wollte ich ihn töten, aber sein Freund kam dazwischen. Um ihn loszuwerden, habe ich die Stalker-Geschichte erfunden."

„Das heißt, du hast deine Katze selbst mit der Drahtschlinge aufgehängt?"

„Ja, Sina, es musste realistisch wirken. Hat es doch, oder?"

„Und was war mit deinem Mann? Warum hast du ihn geheiratet?"

„Ich wollte versorgt sein und er hat eine große Lebensversicherung zu meinen Gunsten abgeschlossen. Ich habe ihn in dem Glauben gelassen, dass er die Liebe meines Lebens sei, und der Trottel hat es geglaubt."

„Und du hast ihn auch getötet?" Melinda nickte, ohne eine Miene zu verziehen.

Sina konnte gar nicht fassen, was sie da alles zu hören bekam. Vor ihr saß eine Serienmörderin, die eben noch eine ihrer besten Freundinnen gewesen war. „Warum Fee? Sie hatte dir doch nichts getan. Ein unschuldiges Kind!"

„Ich wollte, dass sie unschuldig bleibt. Sie sollte nicht das gleiche Schicksal wie ich erleiden. Du kannst dir nicht vorstellen, wie schmerzhaft und grausam es ist, wenn erwachsene Männer über ein Kind herfallen. Ich werde dir alle Details ersparen, aber du musst mir glauben, dass ich sie nur beschützen wollte."

Sina schossen Tränen in die Augen. Trotz ihrer großen Wut auf die ehemalige Freundin konnte sie ihr Mitgefühl nicht unterdrücken. Keinem Menschen sollte so etwas angetan werden und irgendwie konnte sie verstehen, dass Melinda ihre Peiniger bestraft hatte. Nach einem letzten stummen Blick, der „Verzeih mir" sagte, wurde Melinda wieder ins Präsidium gebracht.

18.05.2023, Vatertag

Adi hatte schon viele Vatertage ausgiebig gefeiert, aber heute, als er zum ersten Mal die Berechtigung hatte, dabei zu sein, stand ihm nicht der Kopf danach. Obwohl es gute Nachrichten gab. Er durfte Sina und Fee aus dem Krankenhaus abholen. Adi hatte den Kinderwagen mitgebracht, weil Sina sich gewünscht hatte, ein paar Schritte zu laufen. Beide standen immer noch unter dem Eindruck des Geständnisses von Melinda.

„Ich soll dir nochmals vielen Dank von Rüdiger ausrichten. Ohne dich wären immer noch viele Punkte offen, denn sie hat nach dem Gespräch mit dir kein weiteres Wort gesagt. Wichtig ist allein die Tatsache, dass sie gestanden hat. Rüdiger würde sich als Polizist natürlich wünschen, dass sie jeden einzelnen Mord gesteht und anschließend unterschreibt, doch das wird wohl ein Problem werden. Sie ist total in sich gekehrt und nimmt die Außenwelt kaum noch wahr. Inzwischen kümmern sich Psychologen um sie."

„Wie falsch wir beide in der Einschätzung ihrer Person lagen, ist schon krass, Adi. Sie hat es wunderbar hinbekommen, uns vollständig zu täuschen. Ich weiß noch genau, wie ich sie in den Arm genommen habe, weil ich dachte, der Stalker hätte ihre Katze bestialisch getötet. Und wenn Lars nicht gewesen wäre – ich glaube, ich hätte das nie überwunden."

„Schatz, es ist alles gutgegangen. Nachher gehen wir mit Fee ins Waldeck und trinken ein Bier auf das große Glück, das wir hatten – und natürlich auf Lars. Und ein Bier trinke ich darauf, dass endlich die Vorwürfe gegen mich, ich hätte Pfeiffer angefahren, vom Tisch sind. Das war megabelastend. Er hat auf einem Bild Melinda wiedererkannt und damit ist dieser

Fall auch gelöst. Warum sie das getan hat, wird wohl noch länger ein Geheimnis bleiben."

Sina sah ihn an und nickte.

„Was passiert eigentlich mit Hoberg? Warum ist er abgehauen, als er damals befragt werden sollte?"

„Seine Drogengeschäfte in Verbindung mit dem illegalen Inkasso haben immer wieder dafür gesorgt, dass er unliebsamen Besuch bekam. Aus diesem Grund war er ständig auf der Flucht."

Sina hielt kurz inne. „Schau nur, die Sonne kommt durch. Es ist so ein herrlicher Tag, und jetzt können wir endlich wieder ruhig schlafen, ohne ständig Angst haben zu müssen, verfolgt zu werden."

„Zum Glück können wir all die schlimmen Dinge hinter uns lassen. Deshalb habe ich auch Rüdiger auf ein Bier eingeladen. Lars muss noch bis Montag in der Klinik bleiben, vielleicht können wir nachher ein paar Getränke bei ihm einschmuggeln, wenn wir ihn besuchen."

Eine halbe Stunde später prosteten sie sich fröhlich zu und man merkte, dass die Anspannung sich langsam löste.

„Wie Lars sich den Abhang hinuntergeworfen hat, um Fee zu retten, das wird in die Geschichtsbücher eingehen. Und wie ich Oberbürgermeister Dr. Felix Schwenke verstanden habe, wird es wohl für diese Heldentat einen Eintrag ins goldene Buch der Stadt geben." Adi erhob sein Glas: „Auf unseren Helden, auf Lars!" Er setzte an, einen großen Schluck zu trinken.

Da klingelte Salzmanns Handy. „Was? Das kann doch nicht wahr sein. Das ist nicht möglich! Ich bin in einer halben Stunde da." Mit versteinerter Miene beendete er das Telefonat.

„Jetzt sag schon, was ist passiert?"

„Sie haben einen toten Lkw-Fahrer gefunden, er wurde erstochen!"

Sina schaute ihn entgeistert an. „Das kann doch nicht sein. Melinda ist doch eingesperrt. Ein Trittbrettfahrer? Oder eine -fahrerin?"

„Kannst du Adi ein paar Stunden entbehren? Bis ich am Vatertag ein paar Kollegen zusammengetrommelt habe, ist es vielleicht schon zu spät."

„Kein Problem, ich laufe mit Fee nach Hause und warte auf euch."

Rüdiger hatte seinen Wagen um die Ecke geparkt und schaute Adi, seinen ehemaligen Chef, an. „Wo wollen wir anfangen? Hast du eine zündende Idee?"

„Vielleicht kontaktierst du deine Kollegen vom Tatort und lässt dir ein paar Bilder schicken. Es macht keinen Sinn, dorthin zu fahren. Da warten wir besser auf die Ergebnisse der Spurensicherung. Wir sprechen noch mal mit Melinda."

*

Die Medikamente hatten die Mimik von Melinda Kohler komplett verändert. Sie wirkte maskenhaft, starr, als befände sie sich an einem weit entfernten Ort.

„Melinda, man hat wieder einen Lkw-Fahrer erstochen, weißt du, wer das gewesen sein könnte?"

Melinda fing leise an zu singen: „La Le Lu, nur der böse Mann schaut zu, wenn die kleinen …"

Adi unterbrach ihren Gesang. „Du musst uns sagen, wer den Mann umgebracht hat, ich bin sicher, du weißt es."

„La Le Lu", begann es von Neuem.

Rüdiger ging zur Tür. „Das macht keinen Sinn, hier werden wir nie etwas erfahren.“ Plötzlich schien es, als würde ein ganz anderer Mensch vor ihnen stehen. Die Augen blickten einfach durch die beiden hindurch. Auch die Stimme wirkte auf einmal komplett verändert, als sie immer wieder die gleichen Worte murmelte: „Alle Zehn, die Mission ist beendet, alle Zehn, die Mission ist beendet ...!“

„Was will sie uns sagen, Adi?“

„Ich glaube, Rüdiger, das war der Letzte des Lkw-Clubs. Du weißt schon, die Männer, die sich an ihr vergangen haben.“

„Aber wenn sie es nicht war, wer dann?“

Adi schob ihn aus der Tür. „Ich glaube, ich weiß, wo wir suchen müssen.“

*

Als sie geklingelt hatten, hörten sie nach wenigen Sekunden Schritte und die Tür wurde geöffnet.

„Frau Dohmen, wir müssen noch mal mit Ihnen über Ihre Tochter Melinda sprechen.“

„Kommen Sie rein, aber ich habe nichts von ihr gehört.“

Adi überlegte, wie er ihr behutsam beibringen konnte, dass Melinda eine Serienmörderin war und sich in Haft befand. „Ihrer Tochter geht es nicht gut. Sie leidet unter den Geschehnissen aus ihrer Kindheit. Haben Sie tatsächlich nichts davon gewusst, was Ihr Mann Melinda angetan hat?“

Auf einmal fing sie hemmungslos an zu weinen. „Ich habe es einfach nicht wahrhaben wollen. Was hätte ich denn tun können? Wenn herausgekommen wäre, was mein Mann treibt, hätte ich mich nirgendwo mehr sehen lassen können.“

„Da war es Ihnen lieber, dass das Leben Ihres Kindes zerstört wurde. Was sind Sie nur für eine Mutter?" Adi drehte sich um und sagte zu Rüdiger: „Lass uns verschwinden, ich kann das nicht mehr hören, sonst dreht sich mir noch der Magen um."

Salzmann schaute die Frau ein letztes Mal an. „Ihre Tochter ist jetzt in Untersuchungshaft und falls Sie möchten, kann ich einen Besuch arrangieren."

„Herr Kommissar, haben Sie auch etwas von meiner anderen Tochter gehört?"

*

„Es sind zwei Frauen und beide wurden missbraucht und befinden sich auf einem Rachefeldzug. Ich habe Jasmin Dohmen in die Datenbank eingegeben. Sie hat über zwei Jahre in einer geschlossenen Psychiatrie verbracht. Der leitende Psychologe hat in seiner Entlassungsbeurteilung vermerkt, dass sie mit den verschriebenen Medikamenten ein ganz normales Leben führen könne. Aber sie ist nirgends gemeldet und zu ihren Therapiesitzungen ist sie auch nie gegangen. Und ich dachte, alles wäre vorbei." Adi war vollends bedient. „Aber jetzt wird mir klar, dass es die Schwester war, die die Mission endgültig erfüllt hat."

„Wir werden sie finden, Adi, und dann wird sie, genau wie ihre Schwester, lebenslang in der geschlossenen Psychiatrie bleiben."

„Nur dazu müssen wir sie erst einmal haben. Meinst du, sie wäre in der Lage, ihre Schwester zu befreien? Vielleicht begeht sie weitere Morde, jetzt, wo es so gut funktioniert hat. Der Vater und die anderen Männer, die das ausgelöst haben, sollen in der Hölle schmoren. Wenn ich nur den Begriff Kinderschänder höre, treibt das meinen Puls automatisch nach oben! Was sagt ihr jetzt eigentlich den Hinterbliebenen der toten Lkw-Fahrer? ‚Er hat kleine Kinder missbraucht und jetzt hat ihn das Leben gefickt'? Zum Glück ist das nicht mehr mein Job."

Sie fuhren in Adis Büro, wo er zwei Biere aus dem Kühlschrank holte. „Lass uns kurz zusammenfassen, wo wir stehen. Mit dem Toten von heute sind sechs Lkw-Fahrer erstochen worden. Du, Rüdiger, lässt bei den drei überfahrenen Männern überprüfen, ob sie auch zu dieser Berufsgruppe gehören. Dann schick einen Beamten bei Frau Dohmen vorbei, vielleicht hat sie eine Adressliste dieses Clubs. Ich denke, dass die erstochenen und überfahrenen Männer alle zur gleichen Gruppe gehören. Das wären dann neun Opfer, die wir wahrscheinlich alle den Schwestern zuordnen können. Der Mann von Melinda gehört eindeutig nicht zu dieser Gruppe, hier ist das Motiv Habgier. Es wurde nur die gleiche Methode angewandt. Und Pfeiffer können wir auch Melinda zuordnen."

„Perfekt zusammengefasst, Adi, allerdings haben wir jetzt ein weiteres Problem. Es handelt sich inzwischen um neun Tote und Melinda sprach von den Zehn. Uns fehlt also noch jemand auf der Liste."

Adi nahm einen großen Schluck Bier, schloss die Augen und überlegte fieberhaft. „Es muss sich um jemanden handeln, der schon tot ist und den wir nicht den aktuellen Verbrechen zugeordnet haben. Der Vater fehlt auf unserer Liste. Das war Melindas erstes Opfer. Damit sind es zehn und die Mission wurde erfolgreich abgeschlossen. Was könnte Jasmin jetzt noch planen?"

„Wenn ich sie wäre, würde ich jetzt, da sie nichts mehr zu verlieren hat, die Sache öffentlich machen. Vielleicht wendet sie sich an die Presse. Oder sie schreibt darüber auf Facebook oder Instagram.“

„Vielleicht wäre es gar nicht schlecht, wenn dieser ganze Sumpf einmal trockengelegt würde. Wir haben zu viele Menschen, die einfach wegsehen, wie Frau Dohmen.“

In diesem Moment klingelte Adis Handy. „Sina, was ist passiert, geht es dir gut? Du klingst so seltsam.“

„Bei mir sitzt Jasmin Dohmen! Sie möchte dich persönlich sprechen, bitte komm sofort her.“

Rüdiger schaute ihn fragend an. Adi war schon aufgesprungen. „Die Schwester von Melinda sitzt bei Sina in unserer Wohnung und will mich sprechen.“

„Ich werde sofort ein Einsatzkommando mobilisieren und dann schalten wir die Killerin aus.“

„Nein, du kannst dich gerne mit ein bis zwei Beamten vor meiner Tür postieren, aber unauffällig. Und denk dran, dass sie Fee und Sina in ihrer Gewalt hat.“

Tausend Gedanken schossen Adi durch den Kopf, als er an seiner eigenen Tür anklopfte, und keiner davon war angenehm.

„Na, warten Ihre Kollegen schon draußen auf mich, Herr Hessberger?“ Jasmin Dohmen saß auf der Couch und hielt Fee im Arm.

„Lassen Sie Fee und meine Frau gehen, jetzt haben Sie ja mich.“

„Ich will Ihnen und Ihrer Familie nichts antun. Geben Sie mir bitte Ihre Waffe und dann reden wir.“ Adi reichte sie ihr mit dem Griff nach vorne und setzte sich auf den gegenüberliegenden Sessel.

Jasmin nahm die Waffe entgegen und hielt Sina die schlafende Fee hin. „Legen Sie die Kleine in ihr Bett und dann setzen Sie sich zu uns."

„Was wollen Sie von uns?" Adi schaute die Frau fragend an. Sie war sehr hübsch, niemand hätte vermutet, dass sie eine eiskalte Serienmörderin war.

„Ich will nur ein kleines bisschen Gerechtigkeit für das, was meiner Schwester und mir angetan wurde, können Sie das verstehen?"

Adi nickte. „Ich dachte, Sie hätten Ihre Mission erfüllt. Sieben Menschen mussten sterben, weil sie sich an Ihnen vergangen haben."

„Diese Schweine haben genau das verdient, was sie bekommen haben. Sie haben keine Ahnung, was die mit uns alles gemacht haben. Die Menschen müssen davon erfahren und vor allem müssen sie genauer hinschauen, denn oft gibt es Anzeichen von Missbrauch, bei denen zu viele einfach wegsehen."

„Okay, aber was kann ich für Sie tun?"

„Auch wenn meine Schwester Ihnen viel Leid zugefügt hat, war sie der Meinung, dass Sie ein grundehrlicher und vertrauenswürdiger Mensch sind. Deshalb möchte ich Ihnen etwas übergeben. Bitte versprechen Sie mir, diese Unterlagen polizeilich untersuchen zu lassen."

Sie gab Adi einen USB-Stick. „Was befindet sich darauf?"

„Zuerst die Adressen der getöteten Lkw-Fahrer. Zu jedem gibt es ausreichend Bildmaterial mit mir und meiner Schwester. Ich möchte, dass die Familien erfahren, wie ihre Männer in Wirklichkeit waren. Dann gibt es einen großen Mailverteiler mit Usernamen, aber auch mit den richtigen Adressen. Diese Leute haben sich daran aufgegeilt, wie kleine Mädchen missbraucht wurden. Man kann deutlich sehen, welche Bilder sie heruntergeladen haben. Sie müssen alle zur Verantwortung gezogen werden. Ich verspreche Ihnen, dass Ihrer Familie nicht passiert, wenn Sie mir zusagen, diese Unterlagen an die richtigen Stellen weiterzuleiten."

„Sie haben mein Wort darauf. Aber warum machen Sie das nicht selbst?"

„Meine Aufgabe endet hier und heute, deshalb brauche ich Sie."

Jasmin lächelte ihn an, nahm das Magazin aus der Waffe und schrie: „Ich bringe euch alle um!" Sie rannte mit der Waffe in der Hand aus der Wohnungstür.

„Waffe weg, sonst schießen wir."

Adi schrie ins Treppenhaus. „Nein, die Pistole ist nicht geladen."

Doch sein Schreien wurde von Schüssen übertönt.

19.05.2023, Polizeipräsidium Südosthessen

Rüdiger war immer noch sichtlich geschockt. „Ich dachte, ihre Waffe wäre geladen, als sie auf uns zu rannte. Das konnte doch niemand wissen."

„Es war von Anfang an ihr Plan", sagte Adi traurig. „Sie wollte nicht mehr leben, hatte aber nicht den Mut, sich selbst umzubringen. Du kannst absolut nichts dafür. Wenn du noch etwas für sie tun möchtest, dann sorge dafür, dass diese Schweine auf dem Stick ihre gerechte Strafe erhalten."

„Ich habe schon mit dem zuständigen Staatsanwalt gesprochen: Wenn alle Unterlagen gesichtet und zugeordnet wurden, werden diese Nutzer Besuch von der Polizei bekommen, und das wird ein böses Erwachen geben."

Eine Stunde später holten Sie Lars aus dem Krankenhaus ab.

„Du siehst ja prächtig erholt aus", sagte Sina und drückte ihn herzlich.

„Nicht so wild, Sina, am Ende wird Adi noch eifersüchtig, und das wollen wir lieber nicht riskieren." Lachend machten sie sich auf den Weg.

21.05.2023, Fest des Kickers-Fanmuseums in den Parkside Studios

So langsam kehrte wieder Normalität ein. Adi, Sina, Lars und Rüdiger freuten sich auf den heutigen Frühschoppen. Fee war natürlich auch dabei. Nachdem sie eine Menge Leute begrüßt hatten, von den Bürgermeisterkandidaten Dr. Schwenke, Bruszynski und Herget bis hin zu aktiven oder ehemaligen OFC-Spielern, widmeten sie sich ihren Bieren. Gerade als sie anstoßen wollten, gesellte sich Maik Vetter dazu. Er bewegte sich mehr humpelnd als gehend vorwärts.

„Gude Maik, es wird Zeit, dass du wieder gesund wirst und den Laden in Schwung bringst."

„Wenn nicht, kannst du ja einsteigen, Adi. Einen Torjäger könnten wir noch brauchen."

Hessberger schüttelte nur den Kopf. Dann sah er einige Fanclub-Präsidenten zwei Tische weiter stehen. Die wenigsten Leute wussten tatsächlich, dass es sich bei Eppertshausen um den ältesten Fanclub des OFC, sogar den ältesten Fanclub bundesweit handelte. Willi Trux war auch sehr stolz auf diese Tatsache. Außerdem waren „Die Gouden“ mit ihrem Vorsitzenden Thomas Proekel, Kollektiv 71 und viele andere vor Ort. Adi hatte verschiedene Briefumschläge dabei und das Ganze wirkte sehr geheimnisvoll, als sich die Gruppe flüsternd unterhielt.

*

Eine Woche später war in den Gazetten zu lesen:

Pädophilenring von der Polizei zerschlagen
Bei einem zeitgleichen Einsatz verschiedener Polizeiaufgebote wurden bundesweit über hundert Haushalte durchsucht. Dabei kam es zu zahlreichen Festnahmen. Die Beamten fanden umfangreiches Bild- und Filmmaterial auf den Computern der betroffenen Personen. Die Hinweise, die zu dieser Razzia führten, stammten von einem der Opfer. Die Polizisten zeigten sich fassungslos über die Brutalität und Grausamkeit eines Teils des Bildmaterials. Den Produzenten und Nutzern dieser Aufnahmen drohen Haftstrafen von bis zu fünf Jahren.

Adi schlug die Zeitung zu. „Da hat die Sache wenigstens noch ein Gutes gehabt.“

Am Nachmittag ging er auf den Biebener Friedhof. Er befestigte den ausgeschnittenen und laminierten Artikel am Kreuz des noch frischen Grabes. Dann schloss er die Augen und murmelte leise: „Jasmin Dohmen, ich hoffe, du findest nun deinen Frieden!“

*

Einige Monate später standen Sina, Adi und Rüdiger in Block 3. Gemeinsam hatten sie Lars nach oben gebracht, damit er wieder einmal diese unvergessliche Atmosphäre hautnah spüren konnte. Es war das erste Flutlichtspiel der neuen Saison.

Viele waren hier, um ihre Kickers anzufeuern, auch wenn sie ein paar Wochen vorher geschworen hatten, nie wieder herzukommen. Ja, so waren sie, die eingefleischten Fans. Wenn es drauf ankam, konnte man auf sie zählen. Die Stimmung war an diesem Abend eine besondere. Der Stadionsprecher betrat den Rasen und lief wie immer in Richtung des Stehblocks.

„Liebe Fans des geilsten Clubs der Welt, bevor wir jetzt zu unserer Mannschaftsaufstellung kommen, bitte ich Sie alle, sich von den Plätzen zu erheben. Heute werden wir sie zum ersten Mal präsentieren: unsere neue Hymne. Ein Mann hat sie geschrieben, der etwas Unschätzbares getan hat: Er hat ein kleines Kind vor dem Ertrinken gerettet. Doch damit nicht genug. Obgleich er an den Rollstuhl gefesselt ist, sehen wir ihn ganz oben in Block 3: Lars Mühlbauer. Er hat ihn geschrieben, unseren **BIEBERER-BERG-BLUES.**“

Er hob den Arm und plötzlich war es mucksmäuschenstill im Stadion Bieberer Berg. Und dann ertönte leise Musik und der Text erschien auf dem Stadion-Bildschirm. Gänsehautstimmung pur. Hessberger stand da wie elektrisiert. Zuerst hörte man nur vereinzelte Stimmen, dann sangen Tausende Fans voller Inbrunst ihr Lied, den Bieberer-Berg-Blues:

Rot und weiß ist unser Leben – ein Statement für die Ewigkeit.
Auch noch in der vierten Liga – rot und weiße Einigkeit!

Die Spieler kommen und sie gehn, doch eines, das wird stets bestehn:
Er ist da, der Hoffnungsschimmer – und wir Fans bleiben für immer.
Rot und Weiß sind nicht nur Farben, Rot und Weiß ist Lebenssinn,
und wir tragen sie am Körper – und auch ganz tief in uns drin.
Den OFC wollen wir sehen, denn wir sind Rot-Weiß-verliebt.
Und der Berg wird ewig stehen, auch wenn es uns einst nicht mehr gibt.
Du, mein Verein, bist eine Brücke, Brücke zwischen Arm und Reich.
Auf dich halten wir große Stücke, bei dir sind wir alle gleich.
Manchmal fließen auch die Tränen, wenn das Spiel verloren geht,
weil nach Siegen wir uns sehnen, wenn der Bengalo-Rauch sich dreht.
Und noch eines bleibt bestehn – der Bersch wird niemals untergehn.
Wenn einst der Vulkan ausbricht, es bleibt nur Asche, Lava, Ruß,
eines wird man immer hören, den rot-weißen Kickers-Blues.

Die Emotionen beim Singen dieses Liedes zeigten sich deutlich, viele Tränchen kullerten bei den ans OFC-Herz gehenden Zeilen. Es klang nach Trauer, Sehnsucht und gleichzeitig Hoffnung. Hoffnung auf eine bessere Zeit, auf gute Spiele und den langersehnten Aufstieg. Als die letzten Worte der Hymne verklungen waren, hallte es durch das ganze Stadion: „OFC … OFC … OFC“! Und Hessberger stimmte lauthals mit ein.

ENDE

Thorsten Fiedlers 1. Krimi „Schlusspfiff“

Ein mysteriöses Schiedsrichtersterben rund um den altehrwürdigen Bieberer Berg bringt die Offenbacher Polizei schier zur Verzweiflung. Kriminalhauptkommissar Adi Hessberger und sein Team ahnen nicht, dass sie zum Spielball eines Serienkillers werden. Die Ermittler der neu gegründeten SOKO Bieberer Berg müssen sich nun fragen, welche Rolle die lokalen Sportplätze und gleichzeitig Leichenfundorte in diesem Zusammenhang spielen.

Zählen die Fußballfans der Offenbacher Kickers wirklich zu den Hauptverdächtigen und wie groß ist das Risiko für Offenbacher Bürger, sich gefahrlos in der Öffentlichkeit zu bewegen? Die Ereignisse überschlagen sich bis hin zu einem denkwürdigen Finale mitten im Herzen Offenbachs …

Über den ersten Teil der Adi-Hessberger-Reihe „Schlusspfiff“:

„Sehr spannend und fesselnd – Champions-League-würdig“
Urs Meier, Schweizer Schiedsrichter-Ikone

„Nervenkitzel bis zum unerwarteten Ende. Ein filmreifer Krimi“
Peter Zingler, Drehbuchautor (Tatort, Ein Fall für zwei) und Grimme-Preisträger

Thorsten Fiedlers 2. Krimi „Nachspielzeit"

Der zweite Fall des Ermittler-Duos Fröhlich und Hessberger ist die direkte Fortsetzung von „Schlusspfiff".

Die SOKO Bieberer Berg scheint am Ende zu sein. Kriminalkommissarin Sina Fröhlich liegt seit dem Mordversuch eines Serientäters schon sieben Monate im Koma und Adi Hessberger versinkt in Depressionen. Doch dann bekommt er einen neuen Fall auf den Tisch, bei dem das beliebte Offenbacher Bier eine wichtige Rolle spielt. Die Fans des OFC wollen keinesfalls auf ihr Lieblingsgetränk verzichten und sind notfalls auch bereit, dafür zu kämpfen. Doch als in diesem Zusammenhang Polizisten sterben, bekommt die Angelegenheit eine ganz neue Wendung. Plötzlich wird die SOKO Bieberer Berg brutal mit der Vergangenheit konfrontiert und es sieht nicht so aus, als ob Hessberger diesem Albtraum entfliehen könnte.

Thorsten Fiedlers 3. Krimi „Abseits"

Rund um den Bieberer Berg ereignen sich außergewöhnliche Dinge. Im Leonhard-Eißnert-Park wird ein toter Lehrer an einem Baum hängend aufgefunden. In seiner Wohnung entdecken die Kriminalhauptkommissare Sina Fröhlich und Adi Hessberger kompromittierendes Bildmaterial. Hat der Lehrer seinen Schülerinnen mehr beigebracht als den herkömmlichen Unterrichtsstoff? Gleichzeitig wird ein aus dem Gefängnis entlassener Pädophiler bedroht und schließlich brutal zusammengeschlagen. Ein junges Mädchen verschwindet spurlos und immer mehr Fälle landen auf den Schreibtischen der SOKO Bieberer Berg. Was haben die hasserfüllten Kommentare in einschlägigen OFC-Foren mit den Fällen zu tun? Hessberger und sein Team geraten an die Grenzen ihrer Belastbarkeit.

Und als sei das alles noch nicht genug, werden sie zusätzlich mit einem unfassbaren Attentat im nahe gelegenen Hanau und einer nie da gewesenen Pandemie konfrontiert.

Autor Thorsten Fiedler zieht die Leser auch in seinem dritten Krimi mit dem Offenbacher Hauptkommissar und OFC-Fan Adi Hessberger in einen spannenden Kriminalfall: abgründig und doch charmant, spitzzüngig und gewieft und stets mit einem leichten Augenzwinkern.

Thorsten Fiedlers 4. Krimi „Haftbefehl“

Die Turnhalle des Albert-Schweitzer-Gymnasiums wandelt sich innerhalb von Sekunden von einem Ort der Begegnung zum Schauplatz einer brutalen Geiselnahme. Mitten im Geschehen finden sich ein bekannter Offenbacher Rapper und der Fußballprofi Maik Vetter. In Zusammenarbeit mit dem SEK versuchen Adi Hessberger und sein Team, die Geiseln zu befreien. Dann eskaliert die Situation.

Währenddessen kocht der Bieberer Berg. Der ungeliebte Fußballverband hat einer Spielverlegung gegen Mainz 05 nicht zugestimmt, obwohl sich ein Spieler des OFC in der Hand von Geiselnehmern befindet. Die Schmähgesänge der Fangemeinde sind in der ganzen Stadt zu hören.

Als ob das alles noch nicht genug wäre, stehen Sina und Adi, die inzwischen privat ein Paar sind, im Fokus der Internen Ermittlung und dabei kommt es zum Eklat, weil Hessberger komplett ausrastet und dabei alle Grenzen überschreitet.

Düstere Wolken ziehen über dem Bieberer Berg, dem Polizeipräsidium Südosthessen und dem Team von Adi Hessberger auf. Können die Geiseln befreit werden? Was geschieht mit Haftbefehl und Maik Vetter? Wird die Interne Ermittlung die Karriere des besten Ermittlers im Rhein-Main-Gebiet beenden? Für Sina und Adi, die im Fadenkreuz einer Blutfehde stehen, wird es ein Kampf auf Leben und Tod.

DANK

Liebe Leserinnen und Leser, jetzt halten Sie mein mittlerweile achtes Buch (meinen fünften Krimi) in der Hand und hier kommen die fleißigen Helferlein, ohne die es einfach nicht geht.

Mein Lieblingsverleger Gerd Fischer hat es endlich geschafft, mich so zu motivieren, dass ich lange vor dem geplanten Abgabetermin fertig wurde. Das sollte ihn für das Lektorat milde stimmen. Ob es funktioniert hat, erzähle ich Ihnen in meiner nächsten Realsatire. Wie bekannt, leidet er seit vielen Jahren an einer ausgeprägten Füllwort-Allergie. Deshalb schreit der nächste Satz förmlich nach ihm. Eigentlich bleibt er dabei, relativ gesehen, letzten Endes schon ziemlich entspannt, denn einmal ist, sozusagen, letztendlich keinmal. Danke, lieber Gerd!

Stephan Striewisch von together concept ist von Beginn an dabei. Er gibt dem Projekt den Marketing-Kick! Ich hoffe, dieses Engagement bleibt mir auch für die nächsten Bücher erhalten. Tausend Dank für Ihre großartige Hilfe.

Liebe Testleserinnen, ihr seid großartig! Aber müsst ihr immer so viele Worte streichen? Danke, Ellen Voigt und Irina Kessler, für die Korrektur im Vorfeld und im Nachgang!

Liebe Frau Dr. Lena Lindhoff, was wäre mein Text ohne die Vielzahl an Satzzeichen, die es ohne dich niemals gegeben hätte. Ich war und bleibe ein Freigeist der Interpunktion.

Der Staatsanwalt kennt sich halt aus. Merci, lieber Thomas Harald Brand, durch dich fühle ich mich recht sicher, denn du machst vieles rechtssicher. ☺

Und natürlich vielen Dank an meine liebe Familie, die es aushält, wenn ich in der heißen Phase wieder nur über mein Manuskript philosophiere. Bleibt tapfer, denn nach dem Buch ist vor dem Buch. 😊

Vielen Dank an die Stadt Offenbach,

1. weil an keinem anderen Ort so viele spannende Dinge geschehen,
2. weil an keinem anderen Ort so viele Serienmörder ansässig sind, 😉
3. weil ich alles über meine Heimatstadt schreiben kann und solange es krass, verbrecherisch und bösartig ist, glaubt es irgendwie jeder.

Danke an alle, die ich bisher nicht erwähnt habe, auch an die vielen Personen, die gerne mal mit ihrem richtigen Namen in einem Krimi auftauchen.

Herzliche Grüße
T. Fiedler

Der Autor

Eigentlich haben wir Offenbacher überhaupt keinen Lebenslauf oder gar eine Vita. Ich habe mir jetzt eine von einem Bekannten aus Heusenstamm ausgeborgt. Die braucht er aber irgendwann wieder zurück. 😉

Angefangen hat alles mit meinen Gedichten und ironischen Beiträgen während des Schulunterrichts im beschaulichen Offenbach. Doch dann wurde jegliche Fantasie und dichterische Freiheit den seriösen Lebensbereichen Bankausbildung, Psychologie und Automobilbranche geopfert. Bis eines Tages echte und leibhaftige Mietnomaden und Messies unvermittelt in mein Leben traten und alle Ersparnisse vereinnahmten.

Gemeinsam mit meiner großartigen Familie habe ich darüber philosophiert, ob denn nun ein Strick oder aber das Schreiben eines Buches probate Mittel seien, um die realen Katastrophen mittels Ironie zu verarbeiten. Am Ende haben wir uns für die literarische Verarbeitung entschieden.
So entstand 2015 die erste Realsatire: „Der Nomade im Speck". Hier wurde schnell aus „Mitleid" ein ganz neuer Begriff geboren, nämlich das „Mietleid". Leider konnten die Erträge des Buchs nicht annähernd das Mietnomaden-Minus ausgleichen, weswegen auch gleich ein zweites Buch folgte: „Der Sattel im Speckmantel". Diesmal handelte es sich um eine Radfahrer-Realsatire. Doch wenn der Lieblingsverleger aus Frankfurt kommt und über seinen Heimatfußballverein Krimis schreibt, dann hast du einfach keine Wahl. Also folgten mit „Schlusspfiff", „Nachspielzeit", „Abseits", „Haftbefehl" und dem aktuellen Werk „Bieberer-Berg-Blues" fünf Krimis über die Heimatstadt Offenbach und den eigenen Lieblingsfußballverein, der zufälligerweise aus derselben Stadt kommt. Zuletzt gab es zur Corona-Auflockerung meine Realsatire „SCHEISSENDRECK HAPPENS". Auch hier mit einem sportlichen Bezug, denn Ex-Bundesligatrainer Peter Neururer schrieb das Vorwort.